O último Deus

Rodrigo Petronio

O último Deus

Rodrigo Petronio

Posfácio
Thais Rodegheri Manzano

Copyright © 2022 by Rodrigo Petronio

Grafia atualizada segundo o Acordo Ortográfico da Língua Portuguesa de 1990, que entrou em vigor no Brasil em 2009.

Edição: Felipe Damorim e Leonardo Garzaro
Arte: Vinicius Oliveira e Silvia Andrade
Revisão: Miriam de Carvalho Abões e Lígia Garzaro
Preparação: Leonardo Garzaro e Ana Helena Oliveira
Imagens: Capa Externa: Laura Lima e Zé Carlos Garcia. Pássaro. Alumínio, tecido e penas naturais. Dimensões variáveis. Edição 2/3 + 1 PA. Capa Interna: Laura Lima e Zé Carlos Garcia. Pássaro. Alumínio, tecido e penas naturais. Dimensões variáveis. Cavalo Come Rei. Exposição Individual. Curadoria: Elvira Dyangani Ose. Fondazione Prada, Milan, 15.06-22.10, 2018. Imagens: Laura Lima Studio.

Conselho Editorial:
Felipe Damorim, Leonardo Garzaro, Lígia Garzaro, Vinícius Oliveira e Ana Helena Oliveira.

Dados Internacionais de Catalogação na Publicação (CIP)
(Câmara Brasileira do Livro, SP, Brasil)

P497

Petronio, Rodrigo

O último Deus / Rodrigo Petronio – Santo André - SP: Rua do Sabão, 2022.

176 p.; 14 X 21 cm

ISBN 978-65-86460-32-2

1. Conto. 2. Literatura brasileira. I. Petronio, Rodrigo. II. Título.

CDD 869.93

Índice para catálogo sistemático

I. Conto : Literatura brasileira

Elaborada por Bibliotecária Janaina Ramos – CRB-8/9166

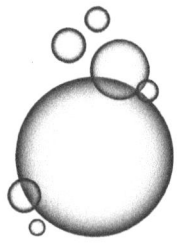

[2022]
Todos os direitos desta edição reservados à:
Editora Rua do Sabão
Rua da Fonte, 275 sala 62B
09040-270 - Santo André, SP.

www.editoraruadosabao.com.br
facebook.com/editoraruadosabao
instagram.com/editoraruadosabao
twitter.com/edit_ruadosabao
youtube.com/editoraruadosabao
pinterest.com/editorarua

Sumário

- 11 LIBERDADE
- 13 Futuro
- 19 O Carretel
- 23 Zoologia
- 26 Graça
- 29 Testamento
- 32 Ceia
- 37 Abismo
- 38 Mariposas
- 40 Ariana
- 41 Elias
- 43 O Ânus Solar
- 45 ESPELHO
- 46 O Obelisco
- 56 Mundos
  - Cartografar
  - Pintar
  - Revelar
  - Dividir
- 66 Nascimento
- 69 O Leitor
- 73 Hans Gottesliebe
- 89 Homeros
- 93 Libertarismo: Uma Nova Teoria da Humanidade
- 107 RETORNO
- 109 Inimigo Oculto
- 112 Vida e Obra de Alonso Quijano
- 114 O Peregrino
- 119 Revelação
- 120 Face a Face
- 122 Assim
- 125 Atlântida
- 128 Má
- 139 Uma República
- 148 Em busca do Verdadeiro Cristo
- 160 Terra
- 166 A Nuvem

O conto Hans Gottesliebe foi o único ganhador do Prêmio Internacional Guimarães Rosa da Rádio França Internacional [Paris | RFI | 2002], aberto a todos os escritores de língua portuguesa do mundo.

Nota

Devido a diversos motivos, as narrativas deste livro foram escritas ao longo de cerca de 25 anos, publicadas de modo esparso em diversos veículos e apenas agora reunidas em livro. Por isso, embora tenha ganhado o Prêmio Nascente da Universidade de São Paulo, a USP, na categoria Ficção, no ano de 2000, sob o título *Anavarata*, ao longo desse tempo algumas narrativas foram inseridas, algumas excluídas, outras reescritas e outras são totalmente novas. Uma das razões desta demora em unificá-las decorre inclusive do trabalho de se chegar a um denominador comum, tanto em termos de temas quanto de linguagem.

O livro é resultado de uma investigação do estranho, do grotesco e do sinistro à qual tenho me dedicado há um tempo. Além disso, há muita ironia, metalinguagem, subtextos, elipses e alegorias em todas as peças que o compõem. São os mesmos processos de descontinuidade que constituem toda literatura e toda arte. Toda arte é feita de anacronismos deliberados e de deslocamentos: ressurreição de formas antigas e de engramas, deslocamentos e reescritas, sobrevivências e fantasmas.

Nesse sentido, esse livro é duplamente fantasmal. Trata das formas espectrais interditadas pela nossa experiência consciente. E, ao mesmo tempo, multiplica subtextos, palimpsestos e aparições de outras obras e eras cuja origem talvez não consigamos rastrear. Convido o leitor a explorar as ambiguidades, as camadas e as ambivalências que tentei criar em cada uma destas narrativas, sobretudo aquelas produzidas pela pena da metaficção e as tintas da ironia.

Rodrigo Petronio

É de mim que trata essa narrativa, pois passei pela catástrofe. Do espaço superior caí no abismo do inferno, entre pessoas que não são *crentes*. Permaneci prisioneiro no país do Ocidente. No entanto, mesmo assim, continuo a experimentar certa doçura incapaz de descrever. Solucei, implorei, suspirei de pena por essa separação. Mas essa distensão passageira foi um desses sonhos que se apagam rapidamente.

Shahāb ad-Dīn Suhrawardī, *Narrativa do Exílio Ocidental*

Se ainda nem concebemos a morte em seu extremo, como queremos estar à altura da insólita mensagem do último deus?

Martin Heidegger, *Beiträge zur Philosophie: von Ereignis*

Liberdade

Se cada eu é pai e criador de si mesmo, por que não pode ser também seu anjo exterminador?

Jean-Paul Friedrich Richter, *Discurso do Cristo morto*

Futuro

Há catorze bilhões de anos, em uma dobra imperceptível de matéria, uma singularidade nomeia a existência; do interior de veias capilares, bilhões de galáxias fogem na velocidade da luz; em seu coração e em suas paredes podres de gangrena, o tecido nervoso arrebenta em uma multidão infinita de pontos, pulveriza as granulações invisíveis do universo, estrias de luz líquida se ramificam por todos os centímetros do espaço interestelar, não, não o verbo, nem o logos, nem a cinza de uma noite extinta pesando sobre a pele luminosa do martírio, um ovo seminal incapaz de amor ou inteligência batiza o vórtice inconstante, colisões sonâmbulas de mundos dispersos pelos órgãos decompostos dos espaços insensíveis, e dentro de uma, apenas uma galáxia perdida e cinzenta dentre os bilhões de galáxias, bilhões de estrelas se expandem em propagações exponenciais, alguns milhões de vezes maiores do que o sol, o universo se esfacela contra as paredes da quarta dimensão, amplia o lodo de sua massa escura cheia de tubérculos, o magma explosivo arrebenta o plexo solar e o cavalo se fraciona em milionésimos de centésimos de minúsculas partes que pululam aos bilhões em cada nanoscópica fração invisível e indivisível, constelações mortas e matéria adormecida, magnetizadas por corpos flutuantes no vazio, cordas turvas, intensidades, frequências, a antimatéria de um buraco negro gera sóis natimortos, devora planetas e constelações capturadas nas malhas negativas dos antípodas do mundo, as fímbrias inorgânicas do tempo tocam uma sinfonia em cordas transidas de frieza e de anonimato, na velocidade da luz, expulsos de suas conchas, pontos negativos e pérolas noturnas brilham ferozmente e se aniquilam contra planetas anões e sóis atômicos, em uma proliferação randômica de estrelas, megálitos incandescentes em colisão abrem caminho pelas malhas estriadas do espaço rumo à sua última solidão, o visgo viaja pelas veias laceradas dos cometas que abrem sulcos reumáticos pela abóbada celeste, um negrume puro, mais puro que o ônix das cadelas adormecidas, assisto ao nascimento de bilionésimas frações de tempo congeladas nos espelhos e nenúfares infantis da noite em seu presépio, tudo é morte e voracidade na colisão de massas obesas que copulam indiferentes, procriam e multiplicam a carne estelar até a infâmia, em suas órbitas de mero descaso, em meio a explosões de gases, magma estelar, colisão de planetas, asteroides e energia gravitacional, bilhões de galáxias cegas se dispersam e empesteiam a criação de uma monotonia infinita, poeira cósmica e detritos subatômicos atravessam cavidades ocas e buracos magnéticos, um rastro de lesma descreve uma hipérbole no olho calcinado dos abismos siderais, a Via Láctea se desenha como uma mancha leitosa salva por um milagre dos úberes acesos da morte, potências infinitas das forças negadoras, engendram-se cordas paralelas, afundam-se os mecanismos de multiversos descontínuos, despedaçam-se as linhas tramadas de matéria incandescente e se sutilizo cada um de seus novelos em um regime de fricções e extermínios incessantes, em cada uma das cordas, um universo, leis espaçotemporais distintas, infinitos graus de temperatura, pressão, calor, óxidos nucleicos sob a ação dos corpos pneumáticos se estilhaçam aos milhares contra os ovos planetários em plena combustão, grãos invisíveis de um deserto se espalham pelo espaço celeste a alguns milhões de anos-luz, flutuam na lactose e deslizam na mucosa vaginal de neblinas e de cavernas rarefeitas, recortam-se nos óbices do tempo contra uma eternidade indiferente, indiferença, nada mais que indiferença nomeia esse espetáculo, a engrenagem pensa ou pressente a eclosão de causas necessárias, e mesmo assim ocorre o maior de todos os acidentes, em uma minúscula bolha de lama, circundada perfeitamente por gases fecais, depois de milhões de anos de congelamento das lamas regurgitadas por vulcões, há sete bilhões de anos, no visco de águas apodrecidas, decompõe-se a matéria inorgânica em estratos cada vez mais densos em seus resíduos mais e mais inferiores, surgem bactérias, no lodo amniótico perseveram, geram um protoplasma, um muco primordial, criam colônias, povos, reinos, populações, pátrias, ejaculações lançam enxames de unicelulares, espalham-se aos bilhões sobre a superfície fedorenta, sob placas de lepra estagnada, colmeias invisíveis a olho nu preenchem aos bilhões cada milímetro tectônico desse esterco abençoado, aglomerados misteriosos de pureza e perversão, um milagre talvez, sim, desde então o mundo será povoado de milagres, transmutações atômicas, regressões, homeostases de elementos no interior de uma bolha envolvida em toxinas, uma química maligna e primaveril multiplica essas hordas cancerosas sobre os bilhões e bilhões de moléculas nadando sem destino, uma substância sutilmente se desprende e passa a dominar todas as lacerações de gases oxidantes, as crateras de enxofre em vômitos contínuos tocam a abóbada do céu, combustões inesperadas se propagam sobre a pátina de pedras e em lodaçais incrustados nos abismos mais profundos da água suja, povos de bilhões de bactérias e unicelulares infestam esse microscópico nódulo de lama, novas explosões, novas colisões interestelares, novas formas de vida surgem da substância úmida e pegajosa do tempo, camadas e mais camadas se sobrepõem, acidentes geológicos geram estratos, mesclam chuvas, gases, a ressurreição da carne coberta do escorbuto se mistura às mandíbulas mecânicas da matéria morta, nada que sete bilhões de anos, sistematicamente operosos, não pudessem gerar, em acidentes cada vez mais espetaculares e em abismos cada vez mais vastos, os círculos da vida se propagam como radiações de um inferno nervoso cheio de brotoejas, quanto mais distante do círculo anencéfalo, os sistemas nervosos centrais irradiam seus tentáculos de morte e maldição, mais próximo dos reinos vegetais e minerais, resplandecem em toda sua guerra antibiótica, como uma pequena pedra lançada nas águas lacustres cheias de miasmas, os círculos da vida se propagam em formas cada vez mais dispensáveis, saem nas praias, viram dejetos, projéteis lançados às areias naufragadas da existência, *res derelicta*, anfíbios escamosos e outros bebês infectam a superfície aquosa da terra sonolenta, formam impérios, constelações, aglomerados, faunas, floras hebdomadárias de veias lilases e pulmões estouram contra o ar de zinco, corpos lisos e pegajosos, fluidos de um gozo divino, deslizam para fora dos limites oceânicos, ressurgem sob novas formas minerais de novas voragens, animais gigantes se extinguem contra a luz, na sombra, formas indecisas de olhos míopes observam a carnificina, cadáveres de trinta andares fulminados pelos raios se recolhem ao interior das ametistas, no mais distante e ínfimo e ilusório dos círculos concêntricos, emerge a mais absurda de todas as criaturas, a mais atroz forma de lucidez jamais concebida no interior do ventre de um primata, o mamífero neotênico e peludo, envolvido pela baba ancestral, as mucosas da vagina, desembrulha-se do manto placentário, devasta a vermelhidão acesa da mata em chamas, todos os animais agonizam, todos se perdem, a morte impera, apenas aquele pequeno animal inferior prolifera, ameba ou carrapato bípede e corcunda, persistente como um câncer no interior de grutas e manhãs aquosas, sua estrutura tão vil sequer pôde ser morta, fraqueza tamanha, tem que inventar formas de se defender, espadas de bambu, ancas de marfim, facas de presas de mamutes, carapaças de couro de bisão, diante dos primeiros vagidos de suas presas, respira aliviado, sente que algo se move antes do suspiro derradeiro, sim, isso, um sopro, uma substância sai de sua boca espumante antes de ser triturada em seus caninos, que seria?, talvez a primeira indagação estúpida, eis que surge a alma, deus, os deuses, trivialidades, ilusões forjadas pelo medo, o medo, substância alojada como ovos de mosca nas fibras do coração, o medo, porção perspicaz de merda na cauda glabra do predador, cuidadosamente repousa sob a pele, o medo guia a marcha nupcial do universo com a vida, o círculo do desprezo precisa crescer, para que o caminho rumo à redenção do último dia se cumpra em toda sua vingança merecida, novas formas inessenciais precisam surgir para que aquele primeiro mamute assassinado tenha algum sentido, novas formas de dar nome ao nada original que vomitou bilhões de galáxias em plena evaporação, os círculos da vida se expandem velozmente, surgem novas formas de singela escravidão, uma domesticidade feita de gestos brandos, covardia em nome da honra, ressentimento em nome da virtude, humilhação em nome da paz, loucura coletiva em nome da ordem e de seus ritos de ametista, novos personagens disputam o âmago de horror e vazio que preenchem corações de estopa no meio do picadeiro, povos se assassinam uns aos outros como uma forma sublime de misteriologia, seria a ação da graça?, o longo percurso de ficções coletivas mobiliza e faz deslizar milhões de macacos neotênicos pela pele do planeta após o desgelo, habitantes de esferas geológicas calcinadas massas e massas fodem, ovulam e se assassinam, tantos assassinatos que em um gesto da mais sublime misericórdia finalmente conseguem matar deus, a grande névoa se dissipa das consciências enfurecidas, a bolha das ficções estoura, um gado pastoreia outros rebanhos, os senhores jogam cartas em películas de vidro flutuantes sobre a lua, nadadeiras albinas no aquário dos sonhos, orangotangos ginastas, cópulas de hominídeos televisionadas pela terra, cavernas do fundo de naufrágios ressurgem na luz divina de sua iminente extinção, a ressurreição da carne espera pelo primeiro passageiro, sim, ela veio tocar seus arcanjos e sons de harpas adejam nas noites de cristal em plena luz, hosanas, formas trêmulas emulam a placidez dos dromedários, enquanto percorro um deserto sem fim em direção a marte, não, não é o logos, palavra letal, a ressurreição da carne, sim, ela, ela, ela devém, em formas difusas e sibilinas se confrangem os infinitos rostos da memória, o futuro anterior se descortina em uma tela líquida de bilhões de anos reversíveis, o passado se recolhe sob as pálpebras de olhos matemáticos, um fragmento de vida descoberto no âmbar, renascem alguns bilhões de vidas consteladas na matéria imemorial, repovoar os multiversos e os mundos multiplicados sobre esferas de som e silêncio dançando nas mãos de uma criança, mas não há mais tempo, o sol esfria, gases impregnam a mucosa fetal da atmosfera, a vida flutua em bolhas e globos de amianto, silencia em resignação e felicidade, deslizam sob os ovos planetários dedos transespaciais de vidro e transparência, o universo se despede de todas as criaturas em uma velocidade maior do que a da luz, o escuro do céu não é matéria sombria, é um tecido compacto de estrelas que não vemos, o êxodo estelar é mais veloz do que a luz na propagação infinita e constante de minérios, a absoluta extinção em uma superfície infinita e gelada, daqui a cem bilhões de anos o movimento entrópico atingirá a sua apocatástase, a entropia atinge as margens, transpõe as franjas do Oceano, a matéria se enruga, envelhece, não se trata de um inferno vazio, uma ideia ou uma abstração, um conceito ou uma categoria, uma imagem ou uma intuição, o que existe agora é o cosmos, apenas o cosmos, um cosmos deserto que erradica sua última centelha de lótus, os sistemas chegam ao grau zero da energia, não, nem mamutes para nossas presas de marfim, nem bactérias para falar em nome de deus, estouros líquidos na planície cristalina de um sonho, fetos flutuam no espaço de um suspiro, cristais amanhecidos fora do tempo, circulam imagens movediças no sangue da criação, parusia, o vazio se realiza em todo seu esplendor, morre o último homem, a vida prossegue em corpo glorioso em direção às esferas transparentes do nada absoluto.

— Senhor.

Uma voz distante adeja as asas de libélulas em seus ouvidos.

— Senhor.

Ele levanta os olhos nebulosos enquanto esmaga o cigarro no cinzeiro.

— Sua filha nasceu.

O Carretel

As fraldas dançam de um lado para outro. Puxa a linha com os dedinhos gordos e ri ao ver o objeto circular rolando pelo tapete. Ele se reclina na poltrona; leva a xícara de café aos lábios; sorve-o devagar. Não consegue reconstituir todos os passos que o trouxeram àquela manhã pacata de folhas farfalhando distantes. Os caminhos do excesso conduzem ao palácio da sabedoria? Não sabe ao certo. Apenas um repentino influxo de formas, cheiros, sons e sensações lhe sobe à mente. Olha pela janela e, ao longe, divisa as quaresmeiras em uma lenta ondulação. Um marulho em ascensão chega a seu apartamento; máquinas e humanos em uma mesma massa sonora amalgamados. A lagoa e o eco das pedrinhas atiradas contra as águas perfazem e replicam no espaço e no tempo círculos concêntricos em uma espiral sem fim. Ali passa as tardes pescando, dias de um frescor analfabeto e selvagem. A fazenda onde enterra as pernas até a coxa na bosta de vaca para arrear os cavalos no estábulo. A fragrância das amoreiras carregadas, o estrume misturado à chuva, o declínio do sol com as tempestades, o ar aberto durante o galope veloz através das montanhas, o banho de rio com as meninas, a carícia em seus clitóris debaixo d'água, o frêmito e os espasmos e os risos exuberantes se misturam aos cantos dos mandacarus e dos urutaus. O murmurar dos rios mansos se eleva em meio à mata, enquanto o tio pica fumo nos joelhos, no alpendre, a casa de ferrolhos doentes com suas estrias se espalhando pelas paredes. Essas minúsculas raízes verdes vêm devagar, tocam-lhe o corpo, eriçam seus pelos, embaralham imagens durante o sono. O potrinho todo envolvido em plasma; a égua com as patas traseiras tortas e arriadas; o feto expelido da vagina junto com uma bolha de plasma; o bebê cai como um pacote, sacode as orelhas, treme nas pernas, levanta-se e ensaia alguns trotes desengonçados rumo ao barracão. Ele adentra a casa eterna, o quintal enorme, com abacateiros frondosos, goiabeiras, os fícus e as mangas gordas despencam em direção às calhas. A tia prepara o pão de queijo e o doce de leite; os tachos recendem a um aroma amadeirado, de fogo e alfazema. Percorre os caminhos noturnos do quintal até aquele casebre ínfimo onde a lenha arde e o sorriso gordo e alegre o espera, acenando para a massa de cor pastel em pura ignição, em meio à fumaça; a chaminé cospe os resíduos para o céu; a ajudante de pele queimada joga mais lenha e bombeia o soprador. O avô caminha pelo sítio com a foice e o facão; ceifa capins; corta radículas; poda as flores; derruba galhos podres; arranca trepadeiras. Enquanto o dia, em crescente euforia, embaralha as luzes em tons de amarelo e vermelho, vai com seus primos ao abatedouro. O peão desfere uma série de golpes de porrete no bovino; o berro estridente se mistura ao som das estocadas; o mugido se enfraquece; um som de corpo desabando se espalha pelo curral. Seus olhos fixos na criatura contorcida, massa perdida e inerte escorada nos frisos da cerca, testemunham o absurdo, mas são incapazes de se desviar um segundo sequer; miram fixamente aqueles olhos castanhos gigantes e vazios; uma energia evanescente parece se desprender daquela musculatura, desmantelada e quadrúpede; um resto de vida ainda se desprende da carcaça pela fratura na cabeça e pelos furos no lombo, na carne embranquecida; acompanha a metamorfose superficial do corpo; os bichos voadores perseguem os seus últimos vestígios, arrastados pelos cavalos para o casarão. Analisa o movimento contínuo e linear de seus voos em torno do corpo besuntado de sangue escuro. Enquanto os homens atravessam o pasto, acompanha o estranho cortejo fúnebre que tem como testemunha apenas as moscas, verdes, grandes. Um refluxo o carrega para dentro dos quartos sonâmbulos, em tocaia, basculantes e extintos na modorra da tarde. As folhas das portas se abrem como o hálito de uma boca humana sem dentes. A filha do vizinho pula o muro dos fundos; levanta a saia sem calcinha; os gemidos dos braços cruzados no mármore da pia, restos de escama e cheiro de cebola, agrião e coentro entram pelas narinas quando o membro se retesa, pulsa e lateja dentro daquele rabo. Quando não têm onde se encontrar, consegue uma felação no terreno baldio, com a filha do padeiro, escorado nos muros machucados; uma penetração rápida com a colega de classe atrás dos entulhos dos prédios em construção; os beijos e as apalpadelas viscosas, enquanto a prima olha pela janela para ver se seus pais não chegam. Tudo tão natural e elementar quanto a respiração, os peixes, o frescor dos salgueiros, o sangue verde dos caules, a escrita das pedras, o vazio azul e celeste de um horizonte, um deus ignorado ou completa ausência de deus. Essa é a imagem que se formou ao longo de sua vida. As varas e as redes de pesca dos tios. Verões de isolamento e violência caudalosa, rios sem fim e sem fundo. Bagres, pacus, robalos. Fotografias em preto e branco com o boné e os peixes de tamanho humano pendurados nas varas. O registo; uma fração da imagem como um todo. Rios de piranhas, rododendros e manacás, margeados por índios de tocaia. Rios de sons e sílabas sussurradas, animais mortos e animais da morte. Rios de substância pesada, lentidão e espíritos vegetais flutuando à flor das águas. Rios de miríades de cardumes, um horizonte oceânico a perder de vista. Rios de raízes e plantas e canais subterrâneos carregando ancestrais futuros e abortos do passado. Rios minerais, de silêncio e agonia, correndo e correndo e correndo em direção à morte. Às margens daquele rio, apeia a canoa de pau dada pelo caseiro. Desbasta o matagal com o facão; uma clareira se abre. À sua frente, como um templo em meio às ramagens, uma imagem circular: uma abóbada de árvores gordas e úmidas sobrenada uma ogiva de arbustos dentro de um nicho. A palpitação se acelera; a terra evapora sob seus pés; caminha sem pulso sobre as folhas secas, como se flutuasse. A imagem se define em uma nitidez obscena. Cai de joelhos, aterrado, imóvel. Abraça contrito os pés do corpo pendular; chora convulsiva e silenciosamente, sem conseguir articular sons entre o vômito, as lágrimas e o suor. Fica ali por um tempo que parece se dilatar em horas e dias e anos. Agarrado àqueles pés como se pudesse reverter o vetor da vida e retornar às portas de sua origem, que acabaram de se vedar. Reverter o vetor de cada instante nas malhas e na trama inconsútil do tecido de vida sobre a Terra. Outros barcos o encontram e as lanternas o retiram do transe, o rosto cheio de lama, paralisado dentro da mata e da noite. Uma sirene soa de uma região distante. Alguns feixes incidem em sua retina. Quando parece perder a respiração, emerge à esfera cristalina. Um halo de luz o envolve, as cortinas tremem, uma brisa o toca de leve e o envolve, como uma voz. A xícara é um fóssil no braço da poltrona. A apresentadora de televisão, de laquê e salto agulha, ensina a fazer bolos de alcaçuz. Uma presença vem da cozinha. Está na mesa. O bacalhau vai esfriar. Prefere suco de laranja ou de melancia? A mulher se aproxima e beija sua testa. O filho o observa, todo enrolado na linha vermelha. Aos risos, baba e mastiga o carretel. Deve ser para coçar os dentinhos.

Zoologia

Ela entrava e saía de casa em uma monotonia religiosa. Dava bom dia aos vizinhos e acenava com a cabeça aos cachorros da casa em frente. Nunca conseguiram prospectar uma palavra sequer de seus lábios finos. Vivera durante seus noventa e dois anos em um silêncio impermeável à curiosidade humana, as persianas vedadas à luz e aos insetos. Embora soubessem seu nome por conta das bisbilhotices das crianças que remexiam sua correspondência, uma dúzia de fatos irrelevantes fora o máximo que puderam colher da convivência secular com aqueles pés deslizantes, cabelos amendoados, rosto de nenúfar, a blusa rendada de tergal sempre acima do umbigo.

Um dia não a viram sair nem entrar. Passaram-se noites. Nada. O cheiro começou a sinalizar a metamorfose às escondidas. Ligaram para a polícia. Os homens de azul arrombaram a porta. O mormaço era visível de tão viscoso. O hálito apodrecido de uma baleia morta não tinha tanta substância quanto a noite que emanava daquela casa. A equipe de resgate mal conseguia entrar, os cotovelos em riste, máscaras cobrindo todo o rosto, escafandristas de um oceano de carne e morte. Ao divisarem a sala, o delegado e os homens da perícia foram surpreendidos por algo que fugia a todas as camadas e recursos da linguagem. Decomposta, deitada no centro da sala, os dedos cruzados no peito; umas poucas peles endurecidas cobriam os ossos de extrema claridade, disputados entre moscas verdes e besouros sazonais. Formigas e uns pequenos répteis caminhavam pelo que sobrara de seus intestinos; uns bichos voadores assustaram-se com os intrusos que traziam a lei e a luz para aquele paraíso de fartura e anonimato. Nada disso surpreendera os mergulhadores. O que os deixara mesmo estarrecidos era a cena como um todo. Ao redor da mulher, milhares, dir-se-ia milhões, de pequenas contas de cristal pendiam de linhas transparentes, em alturas distintas desde o teto. Em cada grão de cristal, um rosto esculpido por inteiro: o negativo de um retrato preservado em âmbar. Apenas depois de uma longa investigação ficamos sabendo que os dois milhões, setecentos e noventa e três mil, quatrocentos e setenta e um rostos inscritos naquela grande mandala tinham apenas um ponto de conexão entre si. Eram todos os seres humanos que, desde as cavernas, compunham o mapa genético e a genealogia da mulher-múmia.

Depois das autoridades da morte, seguiram-se no comando novas autoridades do Estado: os professores e os cientistas. Pesquisadores mascarados, jovens imberbes caminhando com balões de ensaio, biólogas como vestais arrastando seus jalecos brancos. A casa fora tombada. Virou o Museu da Ancestralidade. O corpo da mulher continua preservado em um esquife de vidro ao alcance dos olhos e das mãos de todos. As contas de cristal flutuam em um espaço milagroso, agora aberto em todas as direções. Ao redor fora construído o parque dos primatas, com exemplares de *sapiens* de porcelana, de cera e de granito em tamanho natural. Outros são verdadeiros, preservados do calor, da chuva e das bactérias pelos milagres da taxidermia. O turismo trouxe mais investimentos para a cidade. Todos ficamos contentes e devemos muito à nossa ilustre vizinha. Os visitantes bisbilhotam por nossas janelas; as excursões escolares cruzam nossas vidas como um vento de verão; os idosos atravessam nossa sala enquanto assistimos à televisão; famílias com cachorros percorrem nossos quartos enquanto dormimos; o entra e sai de cientistas; a maneira inoportuna com que abrem nossas barrigas, enfiam luzes em nossas orelhas, examinam nossa cabeça; a rotina da coleta de amostras de sangue, suor, sêmen, fezes e urina; o furor com que despedaçam, com os olhos espumando de alegria, os corpos de nossos idosos, mulheres e crianças, mal eles esfriam; o tráfego incessante de excursões, carros, ambulantes, ônibus escolares e multidões que entram e saem de nossas casas, todos os dias, dia e noite. As demarcações do parque nos impedem de sair de suas fronteiras. Obrigam-nos a viver e a morrer confinados a uma esfera de poucos quilômetros. Tudo isso tem sido um fardo que carregamos há algumas gerações. Entretanto, sempre que nos sentimos derrotados ou abatidos pela melancolia, lembramos de um ditado criado por nosso povo, em um passado imemorial: "A liberdade tem seu preço.". Algo tão milenar quanto verdadeiro, como o é toda sabedoria. Isso nos reconforta. E, em êxtases de alegria, louvamos em cultos e hinos a nossa grande mãe.

Graça

Hernández senta-se no canto da mesa e descasca uma laranja. O dia corta uma grande faixa cinza no horizonte, atravessado por fios de alta-tensão e varetas, folhas, linhas, tênis e pipas. O bebê resmunga no colo de Maria, que lhe dá o que comer. A fábrica descansa na letargia do feriado de Ação de Graças. Logo ali, uma feira de bugigangas, mergulhada em uma teia descontínua de lâmpadas, ferve. Uma faixa circular de terra é a clareira onde o povo dança e se debate; comidas típicas, gincana, brincadeiras. Descrevendo uma parábola com a mão, ela prova o tempero, limpa o suor num pano de prato e olha demoradamente o pequeno vaso junto da janela. Uma procissão de beatas vence o obstáculo dos paralelepípedos, ombreia a rampa das alamedas, parece sustentar com seus coros de vozes os sobrados da colonização, os andaimes puídos entre nuvens e o sol opaco diluindo seus contornos. Um odor peculiar evola da calçada, sobe do armazém do judeu, estende-se pelo ar; nenúfares trançam os batentes das portas. Ele puxa para os pés uma cadeira preta e branca; deita-se no sofá. A televisão noticia bombardeios. Propagandas. Ele lança o olhar para a janela: a procissão. Uma menina loira corre por um lindo gramado atrás dos amiguinhos; passa um chafariz, uma multidão, salta, escorrega, pula, desliza suavemente por um corredor de barro. Chega em casa; a mãe a repreende. Um super-homem, em cujo peito se divisa o símbolo de um sabão em pó, desce dos céus numa nuvem de prata, entre raios de ouro. Finca os pés no chão e pronuncia um *slogan*. E então surge em suas mãos uma caixa do produto milagroso; mãe e filha se juntam em uma feliz condescendência. A nova panaceia, o segredo para os males do mundo, sobretudo das donas de casa. Pela janela se desdobram os coros e as rezas, pontuando um salve-rainha pelas escarpas. Um *jingle* ao fundo diz como utilizar o sabão, suas vantagens em relação aos outros. E arremata com uma frase que convoca o espectador a comprar Pureza e assim se livrar das sujeiras da vida.

Sonolento, recurvado no sofá, pés para o alto, toma uma folha e escreve. Não tem nenhuma ideia, apenas escreve, ou melhor, descreve, ponto por ponto, o que vê através do postigo lateral que dá para a rua. E no seu papel toma corpo, pela ponta da caneta, um detalhe da roupa de prece da última senhora, seu crucifixo de madeira arqueado para o céu como um amuleto. O babado de seu vestido sem querer deixa vislumbrar sob a transparência o desenho sutil das roupas íntimas. Uma menina loira atravessa a procissão correndo; um ponto luminoso e não identificado corta retilineamente o céu. Depõe papel e caneta. Vai à cozinha e encontra a mulher embalando o filho, enquanto o feijão não engrossa; olham-se. Belisca um pedaço de pão. O som da panela de pressão faz um duo curioso com o som dos mísseis que vem da sala. Olham-se novamente, e ele sai. Ela sempre foi assim: o pensamento no vazio, abandonado em coisas fugazes, certo ar de inexistência entre os objetos e os corpos leves. Gosta de fixar um ponto por horas; é o que faz agora com o ovo sobre a pia. Dentro do trem, deixa-se hipnotizar pelos postes polvilhados em espaços constantes, aos quais o movimento dá algo de abstrato e fugidio. Em algum dia, antes do tempo, talvez tenha pousado em sua nuca, em seu ventre e em seus seios um ruflar brando de asas. E desde então a vida tornou-se impossível de se realizar. Suspensão permanente, nuvens respiram dentro da água mais túmida daquele ser divisível e, ainda assim, impregnado de mistério.

O céu se dissipa. Alguns raios podem ser vistos no horizonte. Em uma mutação rápida, descortinam-se entre as sacadas do vilarejo nuvens de prata, cortadas por raios de ouro. Ele muda impaciente os canais. Uma mulher embala tristemente a criança; olha estática pela janela durante um longo tempo. Ela vê os restos de uma festa rodopiando ao vento; as últimas pessoas deixam o pátio improvisado, contíguo a seu sobrado, ao som de uma milonga. De repente o corpo com o bebê se projeta pelo parapeito; acordes se sucedem em um frêmito, *clusters* de piano e o repouso subsequente fecham a cena. Hernández não se dá conta do filme; desenha meticulosamente num pedaço de papel de pão o ponto voador que se aproxima do perímetro visual de sua janela. Não consegue definir ao certo o que é aquilo. Ora parece um avião, ora um meteoro, por vezes até um homem. Entediado, ergue-se a custo. Vai à cozinha. Maneja a panela onde o feijão está prestes a queimar. É preciso comprar arroz. É preciso comprar sabão, na venda do velho judeu. Tenciona fazê-lo, mas é surpreendido por um desânimo que nunca havia experimentado. Compreende; sabe no fundo de si mesmo o que deve fazer. O destino se abre vazio: a sala invadida pela luz que, agora, banha o horizonte e irriga o mapa. Busca em seus pensamentos algum refúgio, uma ilha imaculada, sem pegadas. Volta para a sala. Toma um lençol extremamente branco e livra a mesa de mogno. Desfaz-se de sua roupa, embrulha-se todo na roupa de cama e deita-se de bruços. Em silêncio, imóvel. Em um silêncio que se poderia dizer absoluto, não fosse o barulho fino dos pontos luminosos ao cruzarem a janela. O som se assemelha ora ao som semelhante de meteoros, ora ao de homens e às vezes ao de mísseis.

Testamento

Deixo aqui um testemunho breve de minha vida. Mas gostaria primeiro de dar uma descrição sucinta de mim mesmo.

Tenho cerca de um metro e noventa. Do tronco avantajado e circular saem meus pequenos dedos, um pouco moles e carentes de ossos e articulação. Não tenho isso que costumam chamar de braços, nem algo semelhante. Minha perna esquerda é de um metal bastante leve e brilhante e vai se afunilando até compor um chicote. Ainda que instável em suas diversas voltas, dá apoio ao corpo. Minha caixa craniana tem cerca de um metro de diâmetro, envolvida por uma camada grossa e gelatinosa de pele como a câmera de uma bola o é pelo couro. O mais singular dessa minha parte central é o seguinte: não tenho cabelos, supercílios, olhos, nariz, ouvidos nem boca. Há apenas um pequeno buraco na região frontal que se reveza em todas essas atividades; por meio dele, contemplo o mundo e sorvo sua essência, apreendo o ritmo da natureza e encho os pulmões com o ar da tarde. Creio que haja uma desarmonia proporcional e, portanto, bela, entre a minha cabeça e o restante do corpo. Devido a seu peso, este anda inclinado sob uma surpreendente curvatura das costas, que descrevem um monte. Mesmo sendo largo e elástico, não chego a duvidar da reciprocidade desses dois hemisférios que me compõem: a cabeça que gravita e o restante, conduzido por pés que nunca desgrudam do chão. Menciono também uma singularidade sobre esse órgão. Ando sempre de chinelos, pois meus dez dedos têm o dom de crescer indefinidamente, as extremidades transformadas em uma forma vegetal, um misto de couve-flor e samambaia.

Desde muito cedo me acostumei a ser procurado pelo olhar enigmático das pessoas na rua e aceitei tacitamente os círculos de pedestres que se formavam ao meu redor, o ar interrogativo de quem pede contas à natureza. É claro que ela não dá a ninguém a esmola de sua lógica ou o motivo de seus desdobramentos e caprichos. É por isso que os homens a louvam: porque só lhes agrada aquilo que intercede em suas vidas da maneira que bem quer, sem dar a possibilidade de inverter os seus papéis ou a esperança de uma explicação. Por isso tantos homens deram outro nome para a natureza: Deus. Mesmo quando dizem adorar a esse ser supremo e transcendente, no fundo apenas idolatram o enigma de uma natureza. Divinizam o absurdo de suas ausências de respostas. Creio que os homens sejam, na verdade, os animais mais domésticos do mundo. Amam o zelo, pois ainda que ele seja cruel, maligno ou opressor, é ele que relativiza o valor da liberdade. Por isso gostam de me manter cativo, na proximidade de suas mãos e de seus pensamentos. Por mais que me desprezem ou me abominem ou me destruam ou temam o que eu represento, veem-me como aquela face do terror que precisa ser domesticada para que não sejam possuídos por aquilo que negam ser.

O riso escancarado e cheio de saliva do público do circo; os chutes, cuspes e a chuva de pedras, copos e restos de comida me alvejam; o aplauso frenético de uma plateia no auditório da televisão desaba sobre mim; o disco rubro do sol me desperta com suas setas líquidas, à beira de uma estrada ou de um precipício; os garotos ejaculam sobre o meu corpo; as garotas esparzem fezes e urina sobre mim durante o sono; as tardes retintas nas quais declino de mim mesmo qualquer vestígio de revolta ou ressentimento. Afora esses incidentes, pouca coisa ocorreu no meu percurso pela Terra, e pouca coisa poderia contar. Dou apenas o testemunho da minha existência. Se isso não bastar, será por fim verdadeiro o que sempre farejei por trás do riso abominável que ainda ecoa em meu coração ao longo de milhões de anos. Afora isso, não tenho rancor. Digo-o com a frieza de alguém que se abrisse como um mapa diante dos olhos alheios. Sei em meu íntimo que sobreviverei a todos vocês, a seus filhos e a seus netos. E tudo persistirá indefinidamente até a completa extinção dos tempos sob o pó de um esquecimento irreversível e a aniquilação dos seres no interior do âmbar fustigado pela última estrela. Estarei sempre presente, próximo, tangível no frescor do travesseiro, sondando dia e noite os pensamentos mais recônditos, na origem dos gestos espontâneos, certo de não ser notado. O nó vai se atar e se desatar sob novas formas dentro do infinito até a nossa pulverização completa em uma ampola ou o frêmito incansável de nossos suspiros derradeiros. Estarei no encalço de todos os dias e de todas as horas de todos os humanos enquanto eles não me compreenderem.

De você, meu herdeiro, espero apenas que saiba que não sou um enigma. Simplesmente ninguém nunca perguntou o meu nome.

Ceia

Um grupo de senhores distintos chega ao castelo no dia e hora marcados. O inverno a pino impõe o uso de sobretudos, luvas, chapéus e pulôveres. Cumprimentam-se e, com a delicadeza comum aos nobres e a polidez inerente a cada gesto e a cada situação, entram no salão principal. São em número de oito, aproximadamente. Arranjam as roupas nos cabides dispostos à porta do saguão. A conversa flui ao ritmo de velhos amigos que se reúnem após um longo tempo, guiados por um interesse comum, peculiar e precioso. Alguns mordomos acorrem na recepção, ordenam a grande mesa, central e circular; distribuem os castiçais, acendem velas, fazem rolar o tapete vermelho sobre toda a extensão do aposento. É tarde; o frio e a geada se anunciam pelos vitrais. O assunto vai e volta sobre temas fixos: famílias, negócios, viagens, mulheres, dinheiro, política. Julien, esse é o nome de um deles, alardeia de canto sobre os impostos exorbitantes que alguns países vizinhos vêm cobrando; a dificuldade de captar investimentos externos e a falência de recursos e de ativos no mercado interno. Enquanto depõe as luvas de couro e fita displicentemente o enorme lustre que paira como uma nuvem de cristal, Albert lhe responde, com um olhar distraído de quem não sabe o que diz, mas o faz apenas para dar sequência a um assunto. Esse fato também tem seu lado positivo, a saber, o de fomentar a vinda de capitais desses mesmos países para o nosso. Paolo, um italiano enorme de barba carregada e rosto oval risonho, resmunga alguma coisa sem nexo enquanto ajeita pratos e talheres. Na extremidade do salão, Piotr, de pernas cruzadas, dá com a bengala sustida na planta do pé; o bigode emerge em fiapos e um longo sorriso lhe demarca os caninos.

O clima é de confraternização. Sem esbanjar sentimentos, reveem suas vidas, os fatos mais marcantes, alguns curiosos, outros notórios ou apenas engraçados. Dada a hora, todos tomam a mesa; oram. Em seguida, Piotr faz um sinal ao mordomo, que o compreende de imediato. Retira-se e logo volta com um pequeno tonel de metal. Piotr o toma, sobe cuidadosamente na mesa e, sem desfazer a ordem dos talheres, afrouxa o cinto, arreia as calças e, em posição de cócoras, as pernas trêmulas devido à pouca flexibilidade que advém com o tempo, defeca no recipiente. Veste-se e retoma seu posto sob o olhar e o aplauso de admiração dos amigos. Paolo encontra-se a seu lado direito; conhecedor das regras, ergue-se com um sorriso bonachão e, dando as costas a Piotr, abaixa as calças. Este tira o pênis para fora da braguilha e excita-se; quando consegue a ereção, vai cuidadoso à cumbuca metálica, mergulha dois dedos na matéria semilíquida e unta seu próprio órgão, bem como o ânus de Paolo. Penetra-o e, depois de alguns minutos, toma em mãos uma colher de madeira e esbofeteia-lhe a nádega direita; em seguida, a esquerda, um mesmo número de vezes. Assim que ejacula, Piotr direciona o pênis para Albert que, cioso das normas, vem do canto da mesa engatinhando, envolve-o com a boca, suga a pasta remanescente e volta a seu lugar. Julien, ao seu lado, surpreende-o de cara amarrada, cuspindo às escondidas sob a toalha enquanto fingia pegar algo no chão. Toma um martelo de ferro sobre a mesa e lhe desfere um golpe na fronte com tal força que arremessa seu corpo para fora do círculo; a cabeça tinge de vermelho o piso de mármore, os olhos parados nas órbitas. Albert havia infringido o estatuto da cerimônia, havia transgredido os códigos do ritual e deveria pagar por aquilo com a sua vida. O mordomo pega o corpo pelas ancas e o arrasta em direção a uma porta lateral. Os convidados expressam uma súbita tristeza, seguida de resignação. Cumprira-se a etapa preliminar da cerimônia. Levantam-se entre sorrisos tímidos e cortesias deambulantes. Piotr recompõe a roupa, ajeita o penteado. Munford tenta dispersar o constrangimento chamando todos para a sala contígua, onde os aguardava a continuação da festa. Concordam. Abrem o grande portal; uma imensa maquinaria, com o tamanho aproximado de três andares de um sobrado, arranca suspiros de surpresa de prazer de todos os paroquianos. Esta obra merece uma explicação à parte.

Ela consiste em uma mesa enorme de onde sai um complicado sistema de cordas que se ligam, por sua vez, a roldanas de metal fixadas no teto. A mesa é abaulada nas extremidades e estas, paulatinamente, se inclinam até formar um ângulo de noventa graus em relação ao chão; essas margens contêm uma sequência de espinhos; estes se avolumam em quantidade e tamanho quanto mais distantes se encontram do epicentro da mesa. As cordas elevam-se e se prendem a uma engrenagem situada em uma das paredes, mais especificamente uma alavanca giratória. No seu centro, um jovem tupinambá, moreno, cerca de trinta anos, olhos e cabelos negros, pés e mãos atados; na medida em que a alavanca é girada, as cordas distendem seus membros em direções diametralmente opostas, trazendo-os cada vez mais para perto da coroa de espinhos e inclinando cada vez mais os extremos de seu corpo em direção ao chão. Complementar é o mecanismo que fica sob a mesa. Pois quanto mais as cordas são contraídas, mais a ponta de metal sobe em rotação e se encaixa perfeitamente em um pequeno orifício situado exatamente sob a coluna vertebral do rapaz. Em compensação, e proporção rigidamente progressiva, um pequeno candelabro no teto se inclina e faz pingar um líquido incandescente e comestível sobre o abdômen do imolado. Por fim, tênues linhas com lâminas correm tangentes à sua pele, ora lesionando-a, ora apenas sugerindo um risco cor de vinho cuja profundidade é conforme à força geral centrífuga do sistema. A importância do ritual não se reduz a isso. Sendo uma mesa, deve ser ocupada. Sendo um momento de fraternidade, no qual a amizade daquelas pessoas está sendo posta à prova, todas as leis devem ser seguidas à risca. Dentre todas as regras, a mais tenaz é a obrigação de se comer, de forma equânime, o que do interior da vítima provier; se a distribuição não for perfeita, o infrator tomará o centro da roda.

Sentam-se. Munford arruma o guardanapo na gola, enquanto Julien termina seu charuto. Murder assume o comando da alavanca; gira-a. O mecanismo é ativado, o corpo do jovem vagarosamente se estica, o pino rotatório sobe em direção à sua coluna. Os músculos começam a se romper sob a pele de seu corpo nu. Parece anestesiado; não grita; apenas emite um gemido contínuo e prolongado, semelhante a um guizo de cascavel ou a uma sirene perdida no interior de paisagens distantes. As linhas correm; deslizam suavemente sobre a coxa; vão em direção ao peito; cingem-lhe a face com riscos superficiais; imprimem-lhe a aparência de um guerreiro conscientemente tingido para a batalha. Piotr indaga se, por gentileza, Julien não poderia lhe passar o talher. Piotr toma então nas mãos o garfo prateado de pontas reluzentes; aproxima-a do globo ocular esquerdo do rapaz; fura-o na vertical e, girando o cabo do instrumento solenemente, retira-o da órbita, emitindo em seguida um risinho de vitória, o troféu tremendo no ar e a boca aberta deixando entrever os molares e uma massa esbranquiçada. O pino começa a penetrar as costas; o líquido, ao cair em sua barriga, corrói devagar a pele e expõe aos poucos seu interior, ao romper as fibras e músculos abdominais. À medida que as vísceras começam a sair, os convivas fisgam-nas alegres, admirados com a qualidade do acepipe. Brindam; tornam a encher os copos com o sangue que escorre das pernas e braços tencionados sobre os espinhos. Quando Murder não tem mais forças para girar a alavanca, trava-a; senta-se em seguida com os amigos. E assim decorreu aquela reunião noite adentro, entre conversas sobre política, teologia, economia e filosofia.

O jantar durou horas a fio, sem grandes transtornos. Terminado, foram todos se lavar, pôr a roupa de gala e se aquecer diante da lareira, pois o frio estava forte, insuportável. O ângulo de visão se distancia. O quadro se abre em um plano sequência cada vez mais vasto, que se finaliza em uma ampla tomada aérea do castelo, dos arredores, das casas, dos prédios. Um movimento ascendente rumo ao céu amplia ainda mais a cartografia. O castelo torna-se uma pequena mancha refluindo no centro de um vasto continente visual de luzes acesas; desaparece, por fim, no lusco-fusco de bilhões de lâmpadas, poeira no interior de uma nuvem de vaga-lumes. A panorâmica adquire a proporção extraterrestre e os cinco continentes se desenham na platitude azul e flutuante do planeta. O locutor anuncia o novo recorde de audiência e agradece aos sete bilhões de espectadores em tempo real.

Abismo

A família filma a criança, naquela triste praia dinamarquesa de pedrinhas. A criança e o mar. O horizonte e o mar. As nuvens e o mar. As pedrinhas. Os pés. A praia. Triste. Ela lança um olhar para a câmera. As minúsculas ondas. A criança. Os tornozelos. Os dedos tocam enfim a espuma. Em alguns segundos, o enorme mamífero salta. A pequena mancha branca de maiô desaparece na instantânea agitação das águas. Em segundos, as águas se acomodam. As pedrinhas. O horizonte. O mar. As nuvens.

Mariposas

Pensamentos cruzados e olhares indecisos se interceptam em intervalos regulares. O toque leve das mãos no joelho. O carro desliza dentro da paisagem como uma bolha vascular. Lojas, transeuntes, mendigos, taxistas, malabarismos no semáforo. O que sentimos quando não pertencemos ao mundo? Que peso humano é este que irrompe em nosso coração e arranca pelo talo todas as raízes do ser? A atmosfera penetra nos cômodos da casa, uma substância sutil preenche os espaços, vazios, quartos, cozinha, corredores, os passos sobre o assoalho novo, mas rangendo monotonamente. A voz do médico se propaga pelas suas correntes cerebrais como um enxame ou um zunido indesejável vindo do passado. Os exames. As possibilidades. O quadro. O teor. As análises. As probabilidades. Os cuidados. Os índices. As estatísticas. Sim. A esperança. A última palavra na articulação sintática de todo hipócrita. Ela lança a bolsa na poltrona ao longe, abandona o corpo, observando o nada. Ele vai pra cozinha preparar alguma coisa para comer. Mesmo sem fome seria um bom pretexto para ocupar as mãos e gerar algum ruído. Apenas o som da mastigação ocupou as duas horas do jantar. Ela passa os dedos nas bordas do copo, sentindo sua textura, em circunvoluções lentas, os cotovelos na mesa desfeita do jantar. Ele lava a louça do outro lado do balcão americano. Pelo enorme pé direito da casa ampla de dois andares, construída por um arquiteto amigo da família, a lua vaza por grandes claraboias, vindas dos andares superiores, erguidos em concreto armado. Ele continua a enxaguar a louça. Um ruído tênue vem do alto. Primeiro uma, depois duas, três, cinco. Em seguida, mais algumas. De repente, diversas mariposas farfalham, roçam o teto, em círculos imprecisos. Com as asas negras e manchas de obsidiana, formam uma nuvem em giros dispersos e distímicos. Não se ocupam daquela aparição inesperada. Ele enxuga as mãos no avental vermelho e lança um olhar de ternura. Aproxima-se e se ajoelha. Ela o envolve em seu colo. Abraçam-se. Círculos concêntricos coroam o maior silêncio de suas vidas.

Ariana

Ela franze a testa e em poucos segundos ilumina aqueles tegumentos peludos e esquivos entre os arbustos. O ponto segue devagar e cirurgicamente capta a sombra que se funde à paisagem, dissolve-se em contornos levíssimos de claro e escuro, de verde e ocre, e quase some na multidão das folhas e raízes, imerso na neblina do pântano diurno. Mal o dedo prende o gatilho, a cabeça estoura e a substância viscosa salta no horizonte, forma um quadro sem moldura. O corpo cai em um círculo concêntrico de pedras e aclives. À margem, apenas um tíbio fio de água desliza desde o vale, embrenha-se nos filamentos da floresta e nas montanhas recortadas contra o nada. Um grito irrompe e em cadeias de espelhos reverbera, infinito, nas alfombras das escarpas. Soca o peito em euforia. Move as patas lentas e arrasta em direção à pira incandescente os destroços do último *sapiens*.

Elias

Pouco a pouco diminui a frequência das fotos. São menores os enlaces, interações, contatos. Escreve cada vez menos. Desliza pelas páginas até um momento solene. Hesita. Recompõe-se. Percorre o caminho às avessas. Tenta em vão reverter o gesto e o tempo enquanto a areia corre nas veias maceradas e envelhecidas. Apaga suas pegadas da tela cristalina. Os dedos como pássaros rasuram os rastros de suas patas de nanquim. Logo inicia o ciclo mais uma vez. A escrita cada vez mais rarefeita passa a guardar com cuidado apenas alguns poucos resíduos. Pontos, promessas, intenções, planos de fuga. Mistura-se aos detritos de pão, aos restos de comida, aos excrementos. Cultiva esse ninho como a um jardim oriental. Há mais gramatura negra nas gavetas, nas pastas e nos arquivos do que nas centenas de anos e páginas de sua vida. Em seguida, deixa de usar a mão azul. Declina dos convites. Ignora amigos. Abandona luminares da profissão. Catapulta parentes. Capitula amores. Denega imperativos. Apunhala seguidores. Defenestra asseclas. Lincha familiares. Fixa metas. Ceifa uns. Silencia outros. Ignora todos. Dia a dia, fica cada vez mais produtivo nesse seu antigo ofício. Semanas são suprimidas pela chuva torrencial e ininterrupta. Limpa seus esgotos nos fluxos e nos refluxos do tempo ausente, em uma dança circular. Os animais trocam de pele e suas imagens se diluem em um ir e vir mecânico: a monotonia do Paraíso. Depois que o tecido de sua última peça de roupa se rompe e as parcas fisionomias dos sobreviventes se embaralham em um pequeno moinho de azeviche, as cartas voando ao vento pelas lufadas da janela semiaberta, o pó cobre por fim toda mobília com uma neblina acetinada de metal. A mãe, o cachorro e um antigo amigo de infância saltam dentro da noite: iluminados. Um halo de luz se abre e o sorve para uma escuridão sem testemunhas ou mensagens. Os homens amarelos com enormes máscaras de gás arrombaram a porta. Tateiam aos trancos pelos labirintos, até encontrar o corpo inerte em forma de concha. Saem em um cortejo. Milhões de rostos, olhos, risos e mãos o esperam e o aplaudem convulsivamente. Pena que não possa ouvir, embrulhado naquele saco preto.

O Ânus Solar

Um sábio vivia sentado em cima de uma montanha de ouro. Tinha consciência da existência do ouro. Como sua sabedoria era avessa às coisas materiais, permaneceu fiel à sua sabedoria. Restringia-se a refletir todos os dias sobre o universo, o ser, a vida, a existência, os deuses. Um dia seus recursos acabaram. Os poucos animais, plantas e insetos que lhe serviam de alimento se extinguiram. Nutriu-se por um tempo de luz. A luz foi insuficiente. Então o sábio depôs seu posto. Foi para a cidade, onde viveu como mendigo. Desprezado e cuspido, implorava a cada dia um prato de comida. Os homens da cidade desvendaram o que o sábio escondera por anos a fio sob suas nádegas. Exploraram a montanha. Devastaram-na. Grama a grama. Grão a grão. A cidade virou um império. Dominou outras cidades. E dominou outros impérios. Quando o sábio morreu, o legista real abriu seu corpo em duas abas. Identificou pequenas pepitas em seu intestino. Granulações microscópicas de ouro no seu ânus. Ninguém deu importância. Jogaram-no numa vala comum. O povo criou uma lenda sobre o homem do ânus solar. A lenda divertiu as crianças e logo foi esquecida. Em tempos futuros, novos sábios iriam surgir. Novos sábios se converteriam em mendigos. Novas cidades humilhariam novos mendigos. Novos impérios se erguerlam. Novos impérios desapareceriam na poeira estelar. Novos mendigos retornariam ao ventre de valas vazias. E assim seria até a extinção da vida e da Terra.

Espelho

O humano é na verdade não nascido.
É pelo sacrifício que ele nasce.

Maitrâyanî-Samhitâ, III, 6, 7.

O Obelisco

Acordei no momento em que a luz do sol se liquefez em riscos esparsos na persiana, ao meu lado. Pensei em me mover, acabei desistindo; estava tudo imerso em um silêncio tão aprazível, tudo tão tranquilo. Preferi ficar assim, parado, e contemplar as linhas retilíneas do quarto. Elas nascem do chão, em um ponto situado mais ou menos à minha altura, galgam a quina das paredes, suavemente se encontram nas ortogonais do teto, projetam a forma de um cone e, logo em seguida, se perdem de vista em uma espiral de fumo. Tudo está calmo hoje; mal posso ouvir o tráfego da rua, todos indo e vindo ao redor deste obelisco. Então deixei-me ficar assim, quieto, ouvindo o barulho inócuo de minha própria respiração, a paz só encontrada quando, de súbito, descobrimos, ou melhor, nos lembramos: estamos vivos. Um ruído ao longe se interpõe à minha meditação. Quem seria? Vinha do lado direito, de fora, do corredor que leva à saída do obelisco e às escadarias ascendentes e descendentes dos compartimentos superiores e inferiores. Afinal, esta construção tem o mesmo número de andares sobre e sob a Terra. Mexem na maçaneta; ergo metade do corpo, precavendo-me. Intuo algum aborrecimento ou, quem sabe, algo mais perigoso. À medida que a porta range seus dentes de metal velho, eu me lembro: é o dia da faxina. Entrevejo a luva branca da senhora Max. Ela procura o interruptor. Contenho-me; volto à posição anterior.

A senhora Max é muito gentil. Um misto de tartamudez, discrição excessiva e gestos de pluma que tornam sua presença algo quase insignificante. Olha-me e, como se ameaçasse esboçar um sorriso, desvia-se de mim e retorna para os seus apetrechos de limpeza. O gesto é semelhante ao gesto daquelas pessoas que, não sendo tímidas, nem carrancudas ou muito menos introspectivas, nutrem diariamente um tipo de ausência, uma necessidade de não ter contato direto com nenhuma pessoa ou coisa fora da sua zona de convivência e, quando na impossibilidade de realizar em toda sua plenitude esse dom de desprendimento e essa ascese tecida em isolamento, acabam criando estratégias para se eximir de qualquer olhar ou contato de pele além do imprescindível. Ela vem em minha direção; conheço os passos daquele ritual diário. Fecho os olhos; ela me pega com as palmas de silício; ergue-me no ar e me coloca com cuidado sobre o criado-mudo. Espana, limpa, lustra, enxágua as plantas, informes e prenhes de vivacidade, declinadas dos vasos no canto do quarto, cujas folhas caem escorregadias e se propagam em dezenas de braços delgados e raízes pelo assoalho. Sinto de repente uma pontada em uma parte do meu corpo; não consigo precisar onde é. A senhora Max toca as plumas de marrecos na superfície do criado-mudo, o que me provoca cócegas e comichões engraçadas. Toma-me nas mãos; retém mais uma vez o seu sorriso inexistente; coloca-me de volta no meu lugar; recolhe suas tralhas e some. Vejo-a cruzar a porta; seus pés parecem maiores que o seu corpo e sua imagem decresce aos poucos até que a cúpula da cabeça se torna fina como a de um alfinete. Some. É curioso pensar nas pessoas; elas se acham a maior perfeição existente sobre a Terra e não veem como são cômicas na maioria das situações de seu dia a dia. Todas as coisas têm sua dignidade e devem ser vistas a partir do ponto de vista que lhes diz respeito; se inventamos de julgar o inseto pelas leis do tigre, matamos ambos. Se o primeiro é uma espécie de borrão animado que morre com um simples peteleco, o segundo não tem o dom aspirado por todos os seres vivos: a capacidade de voar. A senhora Max só pode ser medida pelos atributos das senhoras e, mais precisamente, das infinitas senhoras Max que existem por esse mundo afora. Aproximar coisas distintas foi uma espécie de sono lúdico que inebriou a humanidade durante milênios. Comparar coisas distintas foi o entretenimento mais grotesco a que se dedicou a inteligência humana. Essa atividade nos deu ficção, arte, filosofia, literatura, ciência e outros objetos pontiagudos à custa de nos ter alienado de nossa existência singular. Por isso, todo conhecimento nos afastou do conhecimento. Nunca sequer roçamos o fundamento das coisas. Desde que se civilizou, o humano nunca mais conseguiu morrer. A morte se tornou a grande utopia. Morre-se sempre em bando, aos montes, aos milhares e milhões. Raros santos e iluminados conseguem vivenciar e criar para si uma morte singular.

Já me pego filosofando. Cansado dessa lenga-lenga, reclino-me lentamente e começo a meditar. Nada importante; alguns acontecimentos do passado; exercito aquela esfera de pensamentos que mais parecem uma nuvem mental. Ouço o passo dos homens que marcham em direção à fábrica. O ritmo cria uma melodia de ecos estranha em meu quarto; eles circundam o obelisco a meia dúzia de metros de distância de suas fortificações; em uma espécie de roda, cercam-no por todos os lados; não parecem ter nenhum objetivo além deste: a monotonia primitiva de uma marcha circular em torno do obelisco. Ouço passos na escadaria de acesso aos pavilhões inferiores. A porta se abre e, de súbito, o senhor Max adentra o cômodo, um pouco ofegante e com movimentos bruscos; depõe o chapéu e o sobretudo no cabide; some no primeiro umbral. Hoje ele não deve estar em um dos seus melhores dias. O dono do obelisco andou pressionando-o a pagar os aluguéis atrasados; o senhor Max está numa fase muito complicada em seu trabalho; a filha hospitalizada; muitos gastos e outros problemas de ordem sentimental sobre os quais não quero refletir agora. Ei-lo de volta; desgruda o bigode do rosto e o põe com cuidado na pequena escrivaninha ao lado da janela; tira a perna mecânica e a lança para dentro da escuridão de um armário; solenemente, se desfaz da peruca, dos supercílios, da barba, do braço esquerdo. Aproxima-se de mim; alterna a mão espalmada no piso e o joelho deslizante; cantarola uma canção eslava em um tom que oscila entre o melancólico e o fatigado; recolhe alguns papéis do chão, dentre os quais eu permaneço imóvel. Pega-me; aproxima seus olhos muxibentos de mim com essa ternura que lhe é tão peculiar de vez em quando. Vai derrubar uma lágrima, como de costume? Tamanha comoção transparece em suas duas órbitas escuras, que tapam, trêmulas e úmidas, o horizonte da minha vista. Sinto medo. Logo ele se afasta; abre o catre pequeno instalado em uma das paredes; leva-me em sua mão direita e me confia aos lençóis. Livra-se das roupas e lança o corpo nu sobre a cama. Ao barulho de seu impacto no colchão se segue a ressonância quase automática de seus lábios. Enfim, o mesmo ritual de sempre.

Não notei quanto tempo o senhor Max repousou. Às vezes parece-me uma fração de minuto, às vezes, algumas horas. Há muito meu contato com os fenômenos da translação do Sol e da rotação dos astros foi obstruído. Intuo o fluxo do tempo pela intensidade da luz que vaza das linhas da persiana que nunca foi aberta. O senhor Max se põe em pé; toma nas mãos cada uma de suas peças, cada qual em um canto do quarto. Vai a uma das extremidades. Ao espelho, penteia religioso os fiapos de bigode e, num volteio de mãos desastradas, acerta o vaso sobre a cômoda que cai e se espatifa... Ai! Uma dor lancinante percorre todos os nervos do meu corpo, e me contenho para não estourar em um grito. Vejo o senhor Max com os olhos esbugalhados em minha direção, uma cara de bobo, sem saber o que fazer. Corre desordenado até a outra parede e, olhando pra mim, acaricia a pátina esverdeada que nasceu ali em decorrência de alguma infiltração. Isso me dá uma breve sensação de alívio, contém minha dor, mas não a elimina totalmente. Sinto-me reconfortado com seu gesto; meus nervos de novo relaxam sob a intervenção daquela carícia inábil. Toma o guarda-chuva, o chapéu, o sobretudo e sai. É engraçado como o senhor Max anda pelo corredor do obelisco. Os pés, como duas raquetes, marcam quinze para as três; os passos, de aberturas diferentes, sempre pisam em falso; conseguem calcular os desvãos exatos do assoalho, que estalam com o simples peso de uma criança. Atravessa a trigésima porta à esquerda do nosso saguão e ganha a rua. Segue pela calçada da esquerda, na contramão, sem perceber, absorto nos seus pensamentos. Pensa na pequena Max, internada naquele lugar fétido, e se lembra, ressabiado: ainda falta muito para a hora anual que tem disponível para visitas. Cumprimenta alguns conhecidos por pura cortesia; gostaria mesmo de desaparecer; extinguir-se e ser todo pensamento, sem conexão com ninguém. Pelo menos naquele dia, era isso que desejava.

Não sei muito bem qual é a história desse lugar em que vivo. Muita lenda e folclore corre, por conta de pessoas exageradas. Dizem que os pavilhões inferiores eram destinados aos amotinados da época da guerra, e que, ainda hoje, passadas cinco décadas, eles ainda acreditam que estamos em combate. Boa parte dos moradores dos pisos superiores não trabalha; vive do tráfico de armas e mantimentos produzidos pelo povo do subterrâneo em suas alcovas e indústrias improvisadas. Já se sucedem novas gerações; provavelmente vão morrer sem conhecer a luz do dia ou saber que a bandeira branca foi hasteada há um século. Não os conheço, porque nunca saí daqui; mais ainda, nunca saí de mim mesmo, mas imagino quanta mistificação há nessa conversa. Os superiores publicam panfletos e jornais dando notícias todos os dias aos subterrâneos da situação do conflito e da desgraça que se passa no nível do solo; alimentam ainda mais o seu instinto revolucionário e bélico. Vivem dentro de uma ficção e esta esconde a paz quase mórbida em que nós todos, sobre a Terra, vivemos. Outra teoria, que circula desde antes de eu ter nascido, descreve outra geografia e outra condição. Os viventes do interior da Terra se encontram como se estivessem dentro de uma noz; os corredores, os túneis e os labirintos são muito mais extensos do que imaginamos; propagam-se de modo indefinido e se enraízam em todas as esferas e bolsões de magma e lava do centro do planeta. Tecnologias foram criadas para preservar a vida nessas condições abissais; por isso essa rede infinita de dutos, canos e mananciais também se espraia pelas regiões abissais dos oceanos, que foram domesticados em suas profundezas e em suas superfícies. Tanto a membrana da Terra quanto a vastidão dos continentes submersos, debaixo da crosta e dos oceanos, seriam apenas um anel da existência. Há anéis suplementares em ascensão que se projetam pela atmosfera. Essas estruturas se capilarizam e se desmembram em alvéolos, ramos e galhos flutuantes, do tamanho do que, antigamente, se chamava de países; como gigantescas árvores artificiais, tomam toda a extensão do ar e quase impedem a penetração da luz solar. Essas formas vegetais se propagam pela estratosfera e envolvem o planeta, infinito tecido pulmonar; em suas sístoles e diástoles protegem a vida no interior dessas diversas esferas de acolhimento. A passagem da luz solar e a entrada de gases extraterrestres ocorre mediante pequenos orifícios situados nas guelras dessa gigantesca bolha orgânica. A placenta recobre o tecido vivo da Terra e o espaço sideral; embrião revestido pela membrana transparente, organiza todas as trocas e interações com o meio. Os bilhões de galáxias e os trilhões de estrelas seriam alvéolos e pontos de respiração, poros de luz desse tecido animal, construído pelos humanos que nos antecederam para que o universo continuasse vivo. Essa narrativa sobre o nosso mundo deixa claro que, diferentemente do que dizem os seus moradores, esse obelisco se encontra em uma posição bastante subordinada dentro do espaço e do tempo do mundo. Os moradores desmentem essa versão. E, para tanto, sempre ameaçam fechar os canais e corredores do obelisco com uma greve. Segundo eles, isso interromperia o fluxo da vida em todas as latitudes dos mundos adjacentes, em toda extensão do espaço do universo. Uma terceira versão, contudo, me parece a mais provável. Todas essas histórias são reais e virtuais. Somos hologramas vivos dentro de uma concha; reproduzimo-nos como câmaras de ecos e criamos essas narrativas para dar realidade e algum sentido a esse triste cotidiano, no qual o senhor e a senhora Max entram e saem. No qual eu percebo tudo e poucos me percebem.

Ouço risos; passos desordenados vêm em direção ao quarto. Que diabos será dessa vez? Ninguém me dá sossego. O jovem Max vem porta adentro às gargalhadas; puxa uma mulher robusta pela mão. Ambos parecem bêbados; riem; jazo no catre em surdina; não notam minha presença. O jovem Max arranca a saia da moça enquanto vocifera sílabas molhadas em seu pescoço; ela se desfaz de suas calças e de sua camisa. Mal posso ver tudo o que ocorre entre os dois, arremessados na cama. Percebo apenas a fricção juvenil do corpo do jovem Max. Como um pêndulo, sobe e desce, aparece e desaparece do meu escopo de visão. O quarto, aos poucos, começa a tremer ao ritmo dos dois. Uma sensação estranha vai subindo pelo meu corpo; vem da parte esquerda inferior, não consigo precisar de onde. Nunca senti coisa parecida; fico receoso. À medida que o jovem Max se agita, a sensação se torna mais intensa e nítida: sobe pelas minhas laterais, faz tremer meus nervos num contínuo. Começo a ascender em direção ao teto; meu campo de visão se dilata à medida que subo; concebo agora trezentos e sessenta graus de horizonte do cômodo; depois me aproximo de suas massas musculares em contrações e distensões; adentro os meandros subcutâneos, embaralho algumas enzimas e me disperso em meio às hemácias e aos aminoácidos; circulo veloz e rompo os tecidos das paredes; altero os canais do ser em movimento e emerjo mais uma vez, no batente da cama, sob um ângulo de setenta graus com o rosto da jovem, que se contrai como nunca eu tinha visto antes. A sensação inicial se alastra pelas extremidades de meus membros; chega às regiões mais remotas de minha pele; gera ondulações nas periferias de meu corpo; percorre as vias de mão dupla de meus cabelos, cujos fios se enredam e se propagam pelo leve marulhar das persianas com o vento que vem de fora; circulações concêntricas percorrem algumas granulações de meus intestinos; comichões perseguem meus pés e se alojam em minha cabeça. Tudo se passa em uma harmonia e uma rapidez tamanhas que mal poso distinguir agora a localidade de cada sensação nas irrigações movediças de minhas moléculas. Apenas noto uma intensidade crescente de energia; milhares de linhas se emaranham e se propagam em todas as direções. Não consigo mais descrever as regiões exatas de onde emanam as ondulações e as frequências; elas vêm das paredes; estas, por sua vez, ecoam as pancadas distantes de algumas estalactites de uma obra nas regiões superiores. Sincronizo os espasmos e os ritmos de meu corpo em acordes descompassados e cheios de nuances. A cada nova investida do jovem Max, meu corpo se torna mais poroso, como sempre costumo sentir às vésperas de me precipitar em algum acontecimento extracotidiano. Nuvens sobrevoam a atmosfera compacta do obelisco; percorrem minhas veias maceradas. Por alguns segundos, minha respiração cessa. Cardumes adentram as paisagens lunares dos quartos, como se aquários tivessem se rompido e o castelo estivesse prestes a submergir em um horizonte de água e silêncio, cercado de dunas. Estouro em um tremor que se propaga pela estrutura do obelisco como um terremoto leve. Como se um deus adejante tomasse o caminho de retorno para as esferas celestes e se livrasse dos fios de morte e de memória que o prendem na solidão tranquila das pessoas que caminham, rezam e procriam. A mesa derruba alguns copos e talheres; as portas dos guarda-roupas se abrem; caem cabides; a louça estridula na cozinha; finas rachaduras vermelhas se propagam em quase todas as paredes; poeira de cal toma o ar, forma uma nuvem bastante tênue e logo se dispersa. Desfaleço. Depois de algumas horas, os dois se vestem e somem no primeiro umbral.

 Exaurido, divago. Durmo ligeiramente. Sinto passos leves e velozes sobre meu corpo. Imagino que sejam os gêmeos do trigésimo sétimo pavilhão inferior. Eles brincam de pega-pega; puxam seus caminhões e tanques de ferro enormes por uma corda. Uma coceira me toca e desliza como espuma no meu flanco direito; a senhora Max desempoa com sua vassoura meticulosa o alpendre que dá para a rua. O ir e vir de seus quadris segue um ritmo binário e milimétrico. A menina do terceiro pavilhão superior risca o solo com seus passos em um balé delicado; salta e gira como um flamingo de um canto a outro. Isso me causa grande prazer. Um prazer ainda maior é contemplar e sentir o funcionamento do obelisco como um todo e sua arquitetura singular. Ele tem a forma de um cone e sobe até se perder de vista no azul; sua imagem se espelha na parte subterrânea; todos os compartimentos são ligados pela escada circular como uma linha atada a infinitas contas de cristal. Enquanto me concentro nas nuances dessa edificação feita de sonho e minerais, algo se interpola às minhas digressões. O que é isso? Uma umidade gelatinosa me lava por dentro. Minhas entranhas a absorvem em alguns segundos e a transpiram. São condutores e irrigam os demais aposentos com suas correntes e encanamentos circulares. Só poderia ser o cão do apartamento contíguo. Sim, é ele mesmo. Esguicha sua alegria para todos os lados. O criador de pássaros do subsolo alimenta suas crias. É a única coisa que fez durante toda sua vida: manter aquela floresta de gaiolas que é seu quarto, em cujo centro há uma pequena bacia de água para sua higiene e uma cama que mal comporta seu corpo atrofiado. Ele se chama Lex, o Pássaro. Ele olha para cima e sorri. É o único desse obelisco capaz de notar minha presença, onde quer que eu esteja.

A porta se abre mais uma vez. Será quem imagino? Parece que sim. Uno-me então às fibras do vento e de novo sinto latejar em mim o sangue que corre como rios caudalosos em veias cada vez mais abertas e reais. Sinto a campina, o prado, o movimento quase imperceptível que tange as folhas de um salgueiro entretecido aos meus nervos. Os passos dos operários repercutem em meu peito, mais verdadeiros do que nunca, enquanto o mecanismo do obelisco e seus habitantes me percorrem com uma graça e uma leveza até então desconhecidas. Enfim, deve ter chegado o meu dia. Cada detalhe compõe ponto a ponto e fibra a fibra esse cenário vivo e me oferece a graça e a nitidez amorosa de sua singularidade. É bom sabermos disso: estamos vivos. É bom sabermos: todas as coisas conspiram para a ordem e a felicidade delas próprias.

E mesmo a mais mesquinha das vidas e o mais insignificante dos gestos se propagam pelas reverberações que nos ligam ao planeta, às estrelas e ao universo, em suas esferas infinitas, desdobradas de centro em centro, em elipses cada vez mais vastas dentro de margens e grãos cada vez menores. A persiana se inclina com o influxo da brisa; chega ao ponto de se abrir; seus lábios finos são rasgados pela luz de um extremo a outro. A senhora Max para à porta; encosta-se no seu batente; larga o balde e a vassoura no chão. Tem uma aparência exausta, como se estivesse sofrendo há anos em silêncio. Sei que ela está farta de tudo isso e entendo seus motivos. Seu semblante se contorce em rugas; começa a chorar. Um misto de revolta, nojo e hesitação sulca sua cara. Ela tenta me evitar, desvia inutilmente os olhos marejados. Não consegue. E então se aproxima de mim e, cambaleando, ergue a mão espalmada para o alto e a desce com toda a força de seu braço.

Mundos

Cartografar

Obcecado desde a infância pela perfeição, pela medida áurea que, dizem, todas as coisas trazem em si, começou sua carreira esboçando uma série de desenhos naturalistas de um copo. Partiu em seguida para a descrição de cadeiras, vasos, jarros, peças ornamentais dispostas sobre a mesa. Vez ou outra arriscava esculpir em carvão a própria mão ou o contorno de um rosto visto na rua. Familiarizado com a composição de ambientes, partiu para uma empreitada mais radical; resolveu traçar, sobre o plano do papel vegetal, a carta geográfica das imediações. Entretanto, na medida em que sua técnica se apurava, notou que faltavam mais e mais detalhes; entre o signo, representação do mundo, e o próprio mundo, corria uma distância incomensurável. Pensou consigo que resumir as coisas à sua estrutura primária era uma forma de aprisioná-las e exercer poder sobre elas. Ao passo que, se as representássemos como de fato são, o mais próximo possível de sua natureza, estaríamos devolvendo-as à sua dimensão mais do que real, aquela dimensão a partir da qual elas se transfiguram e se nos mostram como são no mundo das ideias puras. A ideia não é um decalque das coisas; as coisas mesmas são ideias de algo que as transcende; vestígios de coisas mais imemoriais, que ecoam em seus corpos e ecoam em suas membranas. Percebeu que não havia nada no mundo que fosse abstrato. Toda coisa é signo de outra coisa. Todo ser real remete a outro ser real, não a uma ideia. Melhor dizendo, as ideias são abstrações de processos reais. São signos materiais que também, por sua vez, remetem a outros signos, no abismo infinito das analogias. Descrever as coisas sem atentar para o fato de que todas as coisas existentes significam, não apenas as palavras que as nomeiam, mas outras coisas ocultas, furiosas sob a docilidade de sua aparência: essa parecia ser a premissa de sua arte. Partiu dessa descoberta e, ao traçar o esqueleto do bairro, incluiu nele todos os detalhes incapazes de serem abstraídos pelas convenções da linguagem: o cachorro em posição de cócoras na esquina e o torneio de seus bigodes; o velho que cutuca zeloso a cavidade nasal; a flor entreaberta no parque expelindo seu néctar; a trilha de insetos em zigue-zague sob sua copa. E assim por diante. Cada imagem singular acabava por se subdividir em imagens mais singulares, em uma composição em abismo. O problema com o qual deparou, um tanto grave se tomado em suas consequências, foi o seguinte: em pouco tempo a planta do bairro tomou a dimensão de um apartamento; o desenho da cidade assumiu as dimensões de um bairro; os esboços do estado extrapolaram os limites de uma cidade; o croquis do país cresceu até assumir as proporções e as magnitudes de um estado. Quando, inspirado nos cartógrafos renascentistas e seiscentistas, deu início à sua obra magna, um mapa do globo terrestre, amigos e familiares se puseram em sobressalto. Advertiram-no da inviabilidade e do perigo evidente do projeto; recalcitravam todos os dias e noites sobre a natureza inexequível de sua missão. Não adiantou. Alucinado sobre estruturas e vigas imaginárias, fechou acordos internacionais com os países limítrofes para evitar desentendimentos e recrutou operários, milhares deles. Trabalhou por trinta anos a fio. Um dia, enquanto decalcava uma rara mariposa egípcia ainda ausente do seu universo mental e artístico, sentiu uma leve brisa lhe roçar a face. E viu que aquilo era bom. Os traços lhe faltaram, e o desenho, coisa simples e costumeira, sem explicação, avultou em dificuldades. Fixou a ponta do lápis sobre o papel como se a coordenação motora sumisse e ali a deixou por alguns segundos. Levantou-se; estava no alto de um pequeno monte circundado por árvores esporádicas. Olhou todo o horizonte disposto em círculo; um ar ameno encheu o seu peito; seus olhos se elevaram ao céu, depois desceram à terra, onde, ao longe, alguns meninos jogavam bola e empinavam pipa. Deixou o lápis e a folha caírem. Partiu, sem motivo ou palavra. Nada tinha a dizer. Nunca mais foi visto. A obra estava acabada.

Pintar

Meneia a cabeça algumas vezes, para cima e para baixo. Primeiro fixa a modelo nu que surge, etérea, da janela, tendo às costas a luz da tarde que risca a sua silhueta como uma faca e inscreve contornos em um quadro de gesso irreal. Em seguida, retorna ao rascunho que emana em *sfumato* de suas mãos. Isso se repete, todos os dias, por anos e anos, em um ritmo de trabalho compulsivo. Não é capaz de tomar café sem tentar, com a colher, criar figuras na espuma fumegante. Não é capaz de olhar o céu sem intuir, entre uma nuvem e outra, uma relação de sentido e uma adequação formal. Um dia, em um de seus passeios matinais, uma das poucas vezes em que conseguiu não pensar em nada e simplesmente usufruir a caminhada, teve uma impressão singular. Pegou uma trilha batida entre árvores, onde a luz do sol incidia verticalmente pela folhagem e coroava o caminho de milhares de filetes e colunas douradas, dadas à vista pelas fagulhas da mata levantadas pelo vento. Uma concordância misteriosa entre o ritmo dos seus passos, as batidas de seu coração e a disposição geral de tudo que o cercava se elevou na esfera da percepção, tomando todo o ar, como um transtorno. Parou; ali permaneceu. Reparou que a incidência frontal dos raios em sua retina, bem como sua consequente refração, selecionava os objetos da paisagem, de modo que só lhe era dado ver a sua estrutura, o seu esqueleto, suas linhas essenciais. A que se devia aquela coerência mística de formas e conceitos? O que havia sob aquilo que vira, no intervalo de alguns segundos? Não sabia responder. Aquele conjunto de linhas primárias, aquelas relações elementares, anteriores à decomposição da arte, ocuparam sua mente por meses. Toda a história da pintura não tem sido nada mais do que a aplicação de técnicas e tópicas, de estilização e de ornamentos que aprendem apenas o que é característico e específico dos motivos, sem nunca se preocupar com o que neles há de universal — pensou. Assim sendo, a arte havia sido a narração parcial, por meio de imagens, da história de povos, quando ela deveria ser a manifestação ilimitada da natureza por meio de conceitos. O conceito une todas as ocorrências em si, pois suprime sua localidade; a arte, ao se ocupar da forma enquanto tal, vem se ocupando de ocorrências, de realidades situadas, o que a impossibilita de dar um salto qualitativo.

Tomado por essas ideias, virou noites no hangar abandonado do ateliê. Pintou e esculpiu de tudo: naturezas-mortas, nus, arabescos, caricaturas, bustos e uma infinidade de outros motivos. Chegou a reproduzir de trezentas e setenta e nove formas diferentes um único potinho de iogurte natural, tentando com isso achar a coesão encoberta em suas linhas. Percebeu que cada traço não era um conjunto fechado; cada linha, segmento, marca, contorno, reta, curva e mancha guardava em si a surpresa de partes menores, como a folha de uma planta se decompõe em vasos condutores de seiva, em pigmentos, em moléculas, em células, até atingir as filigranas e as frações invisíveis e, não por isso, imperceptíveis, da natureza infinitamente fluida e subdivida dos seres. Os desenhos tendiam cada vez mais ao essencial. Paradoxalmente, essa pintura infinitesimal, ao invés de conduzi-lo a realidades cada vez mais singulares, levou-o a revelar uma estrutura subjacente a todas as realidades: imagens e signos cada vez mais abstratos e gerais. Apreendia de um motivo apenas aquilo que fosse necessário para comunicar seu sentido. Nas representações sucessivas de uma mesma árvore, o detalhe cedia espaço à noção geral; a minúcia, ao esquema; as partes, ao todo, de tal maneira que os últimos desenhos eram compostos de meia dúzia de traços esgarçados sobre o papel. Nem por isso deixavam de nos comunicar que se tratava de uma árvore e, mais ainda, de que se tratava *daquela* árvore. O mesmo acontecia com qualquer coisa que tomasse forma sob seu lápis. Há uma substância subliminar emaranhada no universo. Essa é a ponte entre as formas orgânicas e inorgânicas, vivas e não vivas, o fundo comum à multiplicidade de todos os seres e inteligências e percipientes. Desde então, passou a perseguir essa substância, configurando-a de modo visual. Alinhava uma série de desenhos sobre um mesmo motivo e rastreava neles apenas o que houvesse de comum, eliminando o resto. Centenas de placas brancas com pequenas intervenções ou rabiscos imperceptíveis se espalharam pelo ateliê às dezenas e logo às centenas. Há algum tempo, estranhando o silêncio que se fizera em torno do hangar, arrombaram sua porta. Encontraram-no sentado, os olhos abertos, o corpo frio como uma pedra. Demonstrava serenidade; o perfil era firme e sóbrio. À sua frente, sua sombra se inscrevia pelo concurso de tênues raios de sol em uma enorme tela, branca e intacta.

Revelar

Não teve sua doutrina soprada no ouvido por uma divindade, nem essa lhe apareceu em sonho. Não tem repertório de deuses ou quaisquer outras entidades. Não meditou no deserto, se alimentando de insetos, e não viu um corpo de fogo aparecer na sua frente para o tentar. Não sofreu no calvário, não cumpriu as etapas da Paixão, não arguiu a palavra de profetas, não cultivou templos nem se isolou numa colina, deixando a barba tocar o calcanhar. Não tem uma metafísica, não acedeu a nenhuma epifania, sequer levemente intuiu a participação providencial nas coisas terrenas ou a revelação da Coisa grafada nas páginas do mundo. Não é o desperto. Não introjeta em formas naturais a causa originária de todos os seres, mensageiros e índices da presença divina entre folhas e paredes. Nu, em um quarto claro sob a luz incidental da manhã, observa o copo d'água que descansa sobre a mesa de fórmica roída. Não sabe os mecanismos que levam seu pensamento a se apagarem a esse objeto, os olhos fixos na linha transparente. Apenas vê a secreta reciprocidade que os indistingue. Sabe que a essência fluida de todos os seres os une sob a aparente multiplicação de suas formas e que a religião ilustra essa metamorfose com seus símbolos imperfeitos. Ele a ilustra com um copo, barragem sutil em que o pensamento se escora antes de quebrá-la.

Dividir

Estudou filosofia durante muitos anos, mas desse estudo árduo não restou quase nada que pudesse ser comunicado, ficando suas descobertas no âmbito de sua subjetividade. Apenas às vezes, quando alguém consegue interpretar seu resmungo, vem uma ou outra informação a respeito, geralmente pilhérias. Embora risível em suas atitudes, a verdade é que foi levado a esse estado por um processo intelectual absolutamente coeso e racional. Ainda muito cedo, demonstrava interesse particular pela perquirição e pelo debate de ideias, de onde resulta a filosofia e o seu departamento, segundo ele próprio, mais belo e fecundo: a metafísica. Mais belo porque, tratando da possibilidade do conhecimento, não se contenta em enumerar seus meios de acesso, vai às suas raízes e às suas condições de possibilidade. E como todas as atividades e empreendimentos humanos são baseados em conceitos, e apenas bem depois se ramificam em especialidades, a metafísica seria a esfera mais abrangente do pensamento e, por isso, mais universal. Seria também o instrumento mais fecundo porque, segundo o nosso filósofo, ainda engatinhamos nesse sentido. Todos os tratados que a filosofia ocidental escreveu sobre o assunto são balbucios e grunhidos infantis perto do que intuíra como digno de ser estudado como um problema ontológico realmente sério. Então, ao problema.

Em certo dia de sua juventude, caminhava distraído entre vitrines e pedestres quando, num relance, viu uma lesma atravessar o caminho. Qualquer mortal que não a notasse, esmagaria aquela pobre e triste carne branca. Caso a notasse, traçaria com os pés uma elipse e seguiria firme o seu rumo. Diferente dos demais, conteve-se; pôs-se estático; observou cuidadosamente o gastrópode. Ficou ali, acocorado, durante alguns minutos. Aquele ser desprezível, cuja compleição lembra a de alguns répteis, e o andamento, o de alguns unicelulares com seus pseudópodes, tinha seu próprio ritmo; observando o frêmito da cidade em volta, alheia à sua descoberta, deduziu que cada ponto do universo era dotado de uma singularidade irredutível aos olhos e ao entendimento; cada nuança da matéria cósmica, orgânica ou inorgânica, viva ou não viva, obedece a leis específicas; o agrupamento, os conjuntos, o todo é uma ilusão forjada pela inteligência como um antídoto a essa multiplicação de entidades que nada têm a ver umas com as outras; cada molécula e cada célula tem algo de irredutível. A circunferência existencial de uma bactéria, de um esquimó, de um lagarto nas savanas africanas e dos processos químicos interestelares apenas por meio de uma ficção e um abuso brutal da inteligência pertencem ao mesmo mundo. Tudo o que existe é singular. E tudo o que é singular, gera um mundo singular. Os conceitos de universo e de cosmo tendem a tornar-se completamente obsoletos. Não há e nunca houve um universo e um cosmo. Há tantos universos e cosmos quantos mundos houver. E há tantos mundos quantos existentes singulares houver. Cada mundo tem uma existência, em certo sentido autônoma em relação aos demais mundos existentes. Não existe nenhum ponto de encontro e confluência de todos os mundos entre si. Não havendo esse ponto, não há nenhuma comunicação e tampouco uma unidade entre esses infinitos mundos, por mais próximos que eles pareçam e por mais complexos que se mostrem à nossa percepção. Sob o auspício de Zenão, intuiu que, se a extensão é infinitamente divisível, as partes infinitamente pequenas de que ela se compõe também o são. Tudo que é infinitamente subdivisível é também infinitamente incomunicável. Deus é a *monada monadorum*, a mônada das mônadas, o ser que permite a permeabilidade e a comunicação das infinitas mônadas entre si. Se Deus não existe, cada mônada é uma mundanidade fechada sobre si mesma. As mônadas-mundos seriam quartos sem portas ou janelas e redomas de vidro, e todo trânsito de energia e todo fluxo de qualquer espécie ocorreria apenas em uma diagonal infinita, ou seja, a comunicação entre os mundos seria sempre e eternamente indireta, não havendo nunca uma participação direta de substância ou uma intersecção horizontal que unisse um mundo a outro.

    Olhou o sol a pino em um dia aberto e azul. Viu os raios, feitos de emissões fotoelétricas: o calor desprendido de seu corpo não tinha nenhuma relação com aquele astro, era apenas a resposta indireta a um hábito de milênios, como a convergência da mão funde o bronze, os sexos que se ligam durante a noite, o alimento que convém à boca e o peixe entregue ao mar. A repetição é a regra da natureza. Ou melhor, a repetição não demonstra uma unidade do movimento e dos seres. A repetição apenas naturaliza e confere uma falsa totalidade e unidade provisória a todas as coisas, banhadas pelo infinito. A repetição as une e as faz próximas aos sentidos, quando na verdade são antagônicas em sua razão e sua substância. O voo do pássaro traça um arco, a roupa se assenta no corpo, o doente se molda ao leito e a mão, à luva: em tudo isso a convenção deixou sua marca. Em nome da convenção se erigiram todos os monumentos que, a partir daquele instante, começam a se dissolver em sua mente. Empalidece; levanta-se calmamente; as pernas estão frágeis; ensaia alguns passos. No riso das prostitutas, na circunspecção do padeiro, em um anônimo, no vegetal, nas vigas de aço de um edifício, no asfalto, em suas próprias mãos e gestos, em tudo isso não consegue ver nada além de partículas em pulverização infinita, átomos em torvelinho, caos e miragem, como Lucrécio viu os flocos de lã feitos pela amante africana que ministrara o veneno de sua liberdade. Fragmentos desorganizados vez ou outra formam um todo na fisionomia de um idoso ou no protesto de uma multidão, logo em seguida se desmancham como a areia tangida pela brisa matinal, arrastados seus grãos à deriva desse grande exílio que costumamos chamar de mundo.

Nascimento

Aqui está a Dafne de Praxíteles, talhada no mármore mais alvo que existe. Primeiro lhe darei o olfato, e apenas este, dentre os sentidos o menos complexo. Ela sente o cheiro do alecrim. O que seria *isso*? A experiência particular do aroma não vem associada a nenhum outro afeto ou impressão; vive a pureza instantânea de uma célula à qual não se une nenhum atributo, ilha flutuando na imanência absoluta de sua realidade transitiva. Ela registra o fato em seu corpo, como uma marca de digitais em uma folha de outono ou a inscrição do vento que se ata aos contornos das roupas. A brisa traz de volta o cheiro. Ela o identifica; sente em seu amplexo a condição sensível que aproxima as duas experiências instantâneas e efetua uma das primeiras operações da natureza: a *analogia*. Depois do conhecimento, o reconhecimento lhe ensina a *semelhança*.

Esparjo sob suas narinas um néctar extraído do pólen das papoulas; a experiência de novo a conduz a saber que *aquilo* tem um nome; talvez possa chamá-lo de cheiro e, à capacidade de apreendê-lo, de olfato. Há distinção entre o primeiro e o segundo desses estímulos: algo mudou em seu processo monótono. Uma pequena alteração se infiltrou no *seu* universo: o cheiro deixou de ser *o* alecrim, passou a ser este e mais alguma coisa. O que a obra do artífice grego ganhou ou perdeu com essa novidade? Talvez o início mais rudimentar do *discernimento*, que nasce junto com a capacidade de efetuar a *distinção* entre dois fenômenos, dois cheiros ou dois objetos. Poderemos designar a nossa deusa como um ser pensante? Se entendermos por isso o de contrações e distensões das unidades dinâmicas da natureza, em suas respostas e estímulos, sim. Ingressar no pensamento é ingressar no reino da diferença. E como a atividade global da natureza e dos seres vivos consiste em se diferirem uns dos outros e diferirem de si mesmos por toda eternidade, tudo o que existe, existe dentro e como pensamento. Ela acaba então de entrar no reino da *diferença*: apreende a singularidade de cada experiência. Compreende-as quando as distingue e as articula por meio dessa estranha irmandade das aparências múltiplas do mundo. Aqui começo a notar uma mudança significativa em sua fisionomia e em sua fisiologia: ao ser fustigada pelo néctar, lembra-se do cheiro anterior que havia se insuflado em suas narinas. Adquire assim a *memória*: sabe que em algum *lugar* ou em algum tempo viveu *aquilo*. Entra então nesse instante na dimensão habitada por volume, intensidade, planos, linhas e pontos.

As descobertas não se esgotam aqui. Na oscilação entre um aroma e outro, na expectativa de senti-los novamente, a deusa *escolhe* aquele da sua predileção: sem saber, efetua um *juízo*. Como? Intuitivamente, põe par a par as duas experiências, e seu aparelho sensório, espécie de foco magnético dos peixes das regiões abissais, ausculta outros odores que a cercam. Não os sentindo, afere e elege, por meio de uma *análise*, apenas um deles. Dou-lhe uma terceira amostra do nosso mundo: o aroma do loureiro, para justificar o mito e as astúcias de Zeus. Sente-o; algo se move em sua sensibilidade querendo achar a coerência entre aquelas três formas singulares: o loureiro, a papoula e o alecrim. Compara-os novamente; percebe características concordes e discordes entre eles; efetua aproximações e divisões; separa e une suas propriedades. É o início da *reflexão*. Com ela, Dafne se destaca da realidade que a plasma. Sabe, num átimo, que *ela* é outra coisa que não *o* cheiro e tampouco a possibilidade de senti-lo. Também não é o aroma, mas o fator em si que gera aquelas sensações. Intui um dado suplementar ao processo primeiro de seus sentidos. Uma interseção daquelas realidades, quem sabe? Algo cuja *identidade* existe, não à revelia de todos os outros seres, mas em um horizonte diverso e, ao mesmo tempo, convergente, lugar exclusivo onde os seres encontram abrigo e são *possíveis*: como uma tela branca onde os pigmentos se *realizam*. Ou seja: tocam o fundo da realidade.

    Ao proceder à sua escolha, algo se move em seu íntimo: aos poucos é surpreendida pela *vontade*, que a faz optar por um dos aromas. Com o tempo e a proliferação de estímulos olfativos, deve desenvolver cada vez mais suas faculdades e matizar as relações existentes em meio à diversidade de suas experiências. A experiência pura não admite comparações: está fechada em si como uma concha em seu invólucro; abomina toda alteridade. Por isso toda experiência é composta: acorde dissonante de números e vestígios imemoriais, algas marinhas e fósseis escondidos sob a pele do amor. Por isso também nenhuma forma e nenhuma ideia é simples. Toda ideia é uma harmonia do mundo e, por ser harmonia, não existe isolada e depende da solidariedade e da ressonância de muitas notas. Não fosse a identidade entre as ideias, não haveria memória. Também não haveria tempo, espaço, reflexão, identidade, juízo, vontade e análise: nada de humano nesta Dafne delgada que, ao sorver o ar vespertino e ampliar as esferas de seu mundo, ligeiramente sorri.

O Leitor

Certo dia, sozinho, comecei a rabiscar algumas coisas. O tema era a relação amorosa de um casal que, abduzido por uma paixão avassaladora, se isola do mundo por vontade própria e passam ambos a viver um para o outro. A união se desgasta, o amor vira hábito. Incapazes de aceitar a condição, passam a sustentá-la artificialmente e a preservar, por motivos desconhecidos, o sentimento que não existe mais, à custa de sadismo, humilhação e piedade. Enquanto escrevia essas linhas, meu raciocínio foi induzido a algumas considerações daquela história. Pensei que a escrita, como aquele casamento, é subterfúgio para manter viva a arte da literatura; que, num mundo sem Deus, ela funciona como um ritual privado com o qual tentamos dar sentido à falta de sentido de todas as coisas e, para isso, imolamos a nós mesmos nesse altar que é a folha de papel em branco. Fazemos dela a única realidade possível e, de nós, anátemas de um outro deus bruto que, em vez de trazer a existência em seu bojo, a exclui e expulsa de si, deixando-nos apenas o Vazio, indício de sua ausência, avesso e negativo de sua benevolência. Depois pensei que as palavras, grafadas uma a uma, não têm consistência e só existem e apenas existem no momento de sua leitura. Intuí na palavra *casa* um mero enunciado da linguagem, sem valor fora dela. E assim a literatura dependeria mais da interpretação do que da criação. O mundo é um grande livro de escrita cifrada e cada um de nós um leitor potencial de sua mensagem. Há mais leitores do que escritores. Por isso aqueles prescindem destes, não o contrário. Cheguei então a uma formulação: a literatura nasce quando Deus se exila. Diante desse vazio, aquele enredo tomou importância nula. Os fatos não dizem nada e não interessam a ninguém. O que vale é a comunicação de essências abstratas, como diz Leopold Bloom na cena da biblioteca de Dublin. Essas essências, por sua vez, têm pouco, quase nada a ver com os fenômenos sensíveis. Surgiu então a dúvida: e se acaso ninguém lesse estas páginas? Poucos escritores atentaram para esse fato. No entanto, a sua confirmação reduziria a pó todas as frases que escrevi até agora e nos levaria a deduzir que, na verdade, elas *nunca foram escritas*. A arte, sendo comunicação de essências imateriais, exige um interlocutor, sem o qual toda arte e toda literatura se reduziriam a um amontoado de letras impressas em um arquivo. Foi a partir desse dia que criei para mim um Leitor que não existe, misto de personagem e ser real. Ele me olha e guia o meu pensamento a cada palavra e linha que escrevo ou leio.

Pus-me então a escrever tendo em vista esse Leitor. A cada linha escrita eu abria espaço para as suas interpretações, de modo que elas importassem mais do que a minha vontade de expressão. A atitude é visivelmente suicida, na medida em que não era mais eu quem escrevia, mas esse Leitor absoluto. Não era o autor de uma obra minha, mas um mero instrumento Dele. E pude então compreender o versículo bíblico que diz: és pó e ao pó retornarás. Vieira o explica, no *Sermão de Quarta-Feira de Cinzas*, apoiado no Livro Doze das *Confissões* de Santo Agostinho: o que é só o é como misto simultâneo do que foi e do que há de ser. Viemos do nada e vamos para o nada. Portanto, somos nada. E nada mais do que isso. Somos o intervalo entre dois nadas, como o primeiro e último versos do soneto de Dom Casmurro. E a vida é o intervalo entre duas formas distintas de não-ser: aqui, pó levantado; além, pó caído. Só nisso diferem os mortos dos vivos. Apliquei o silogismo a mim mesmo: a escrita vem do nada (folha em branco) e vai para o nada (texto não lido). Aqui, pó escrito; além, pó não lido. Se ambos pós, então apenas e absolutamente pó. Desde agora. E para sempre. Como vocês podem imaginar, minha arte se transformou numa barafunda, num amálgama de linhas e em um arabesco de formas aritméticas, não obstante imperceptíveis aos olhos. Não conseguia mais narrar um único fato; não conseguia sequer descrever os eventos de um dia de trabalho para minha esposa; não conseguia nem criar sentenças e frases legíveis para os protocolos e ofícios do escritório; quando saía para tomar cerveja com os amigos, não conseguia relatar o meu dia de trabalho. Se não havia mais autoria, não havia mais eu. Se não havia mais eu, não havia mais escrita. Se a escrita estava interditada pela inexistência de um leitor real, a linguagem mesma se interditava. Abria-se uma fratura abissal entre mim e mundo. O Leitor, verdade puramente intelectual, assim o queria, e eu, sem escrever uma linha sequer, sentia-me como Dante nas últimas abóbadas celestes, quando as palavras lhe faltaram, tamanha a pujança da emanação da luz divina. Comecei a perceber que a literatura não me interessava mais. Primeiro, porque chegou um momento em que a literatura se tornara uma infinita interpretação de si: como uma cobra mordendo o próprio rabo ou o Narciso de Caravaggio debuxado sobre o oco de sua imagem-fantasma. O autor cedeu ao leitor. O criador, ao *medium* neutro. Nem sabia mais se era língua humana aquilo que eu usava. Minha obra se transformou numa alegoria do Nada, uma odisseia erguida em nome do fracasso. Sem assunto, tema, modo, forma, expressão: cheguei a um limite em que o próximo passo seria o vento, o silêncio ou a telepatia.

Entretanto ocorreu um fato que me fez ponderar todos aqueles anos de trabalho. Chegando em casa e ao passar pelo *hall*, reparei no enorme espelho que toma toda parede esquerda. Ele sempre estivera ali. E não sei por que, em todos esses anos, essa parecia ser a primeira vez que eu de fato o via. O espelho reproduzia todos os seus utensílios, as poltronas e a grande mesa de mogno envelhecido, redonda e opulenta, escarrapachada bem no centro da sala. A sensação foi indescritível, um misto de nojo e estupefação. Pode-se pensar o que quiser; não sou louco e nem tenho a intenção de me mistificar. Durante quase meia hora andei por todos os cantos do cômodo; debati-me; rolei; fui à sua superfície fria e irracional. Nada. Não sei se pela bruxaria de algum ser oculto que reduzira minha vida a uma galhofa, por meio de uma pena que escrevesse os destinos humanos. Não sei se pelo desígnio de algum demônio que ria de mim. O fato é: minha imagem não se refletia. Custou-me perceber a razão daquele acontecimento na vida de minhas retinas fatigadas. A ficção tinha tomado corpo de tal forma em minha vida, e de tal maneira a expressão se rendeu à análise meticulosa, em uma ascese secular, que eu me esvaziara de realidade. Transformara-me numa conjunção de vetores. Em uma triste carne conceitual. Em um ronronar da geometria. Eu e um triângulo isósceles tínhamos a mesma substância. Como se pode intuir, abdiquei da literatura. E este texto-testamento? E minha obra-testemunho? Achará ouvido de gente? A simples possibilidade de uma resposta negativa apaga-o de minha vista, como num passe de mágica. Fico translúcido diante da folha eclipsada, branca e virgem, como se acabasse de emergir de seu primeiro nascimento. Isto que você acabou de ler é apenas uma simulação do texto original que se perdera. Irrecuperavelmente. E, neste momento, sem dizer palavra, cumpro o meu ritual de todos os dias. Tranco a chaves os papéis em branco na gaveta da escrivaninha e saio de casa pela porta dos fundos.

Hans Gottesliebe

Já faz algum tempo que observo minhas mãos. Elas têm algo de sereno, frágil e ameaçador, simultaneamente. Vasos sanguíneos sob a pele se distendem; nervos se contraem quando as fecho. Como se fossem um mecanismo à parte do corpo, sinto-as em toda sua intensidade, funcionando em repouso, os dedos finos e compridos arranham as paredes deste cômodo de cerca de dois metros quadrados há algum tempo. O que nos leva a situações extremas, as quais nunca sequer sonhamos um dia viver? A ordem dos fatos e o ponto de fuga que conduz à vida ou à morte parecem tão alheios e estranhos ao nosso destino que às vezes penso não serem passíveis de explicação ou entendimento. Não faço ideia de onde eu esteja nesse momento, e isso também não importa. Importa é que a distância aproximada de cada um de meus dedos em direção à palma varia sem uniformidade, e que sou tão destro que se poderia dizer que possuo uma única articulação, a direita, estando a esquerda numa infância remota, anterior às operações mentais abstratas. Cada parte de nós envelhece num ritmo diferente das demais, e nem todos nós vivemos num mesmo tempo. Daqui a única comunicação que tenho com o mundo é o fcixe de luz que advém de um pequeno orifício situado na conjunção entre a parede e o teto, ou seja, a uns sete metros do chão; por intermédio dele, afiro as horas. Ele é o meu sol particular, minha prova natural de que, em algum lugar fora daqui, existe vida, semelhante à prova de um crime todas as noites relembrado durante o sonho para nos dar indício de que o mundo marcha, infenso às nossas dúvidas e intervenções. O ponto agora surge; ele tem suas próprias regras, imutáveis.

Sei no íntimo de mim que sua aparição denota as cinco horas da tarde; a parábola em semicírculo descrita na parede representa as seis, aproximadamente, e o seu ocaso, o fim literal do dia. A natureza é um conjunto coeso de leis previsíveis, elementares até. Sabemos que a luz do sol libera a fotossíntese; que certas criaturas não se adaptam a um clima ou a uma região, e que a seleção natural provê a permanência de uma espécie em detrimento de outra. Sabemos a distância de uma estrela a outra e o que provocaria a conjunção inusitada de dois astros; conhecemos as alternâncias marítimas, guia dos cardumes e signo de pesca propícia. Conhecemos até mesmo a substância interior de um átomo que, alternando ondas e partículas, nos informa que o universo às vezes se comporta de forma caótica e em sequências encavaladas, não lineares. Basta ter em conta, por exemplo, a memória: nunca podemos lembrar uma coisa só: a memória é sempre composta. Acorde da natureza, guarda em si uma série de notas potenciais oferecidas em conjunto. Como poderíamos pensar a memória do universo, se é que ele possui uma? Como os eventos do cosmos podem ser lembrados, caso imaginemos uma natureza apta não apenas a exercitar a pobre artimanha de nossa consciência e de nossa intencionalidade, mas capaz mesmo de reter em sua estrutura e em sua morfologia os ecos vivos de um passado imemorial, anterior à emergência da vida e dos seres? O mundo é um grande livro se crermos que cada evento, por mais banal, seja um signo que conduz a algum tipo de revelação. A memória presente nas pegadas, na pele gasta com a fricção dos agentes externos, no fóssil que persiste incrustado no âmbar e conserva sua forma original, prestes a ser decifrada por olhos inocentes, essa espécie de lembrança coletiva sempre presente, sempre ali, ao alcance das mãos, porque o universo não tem inconsciente e, se o tivesse, ele teria o nome de um deus ou seria o absoluto vazio. Resgatar o passado das coisas é partir delas mesmas: cada coisa é em si mesma o seu passado, presente e futuro imbricados. Cada coisa, por mais singela e anônima e desinteressante, é um misto de suas formas virtuais e atuais. Uma soma daquilo que ela jamais fora e de tudo o que ela poderá ainda vir a ser quando se consumar como aquilo que é. De qualquer forma, disse isso para falar das minhas mãos, repositório de toda a memória material que me acompanha. Elas têm algumas cicatrizes, pequenas, mas cicatrizes. Às vezes, o sol, abóbada celeste sempre negra, nasce pontual do teto como se, dentro de uma madrugada profunda, irrompesse sua substância sem dissipá-la, e, em um giro singular, percorre minhas mãos em constante repouso sobre os joelhos. Penso que o desequilíbrio das pessoas destras seja o que há de mais assustador na vida. O medo de ser surpreendido pela pior das loucuras: a loucura da regra, clara, pontual, limpa, asseada, exata, sobre a toalha de mesa onde repousamos os olhos, ou assentada com doçura no travesseiro que arrumamos até encontrar a proporção, a medida áurea, a equidistância geométrica em que nosso corpo encontra repouso, sem o qual a noite seria insustentável. Estou sentado em minha cadeira, único cômodo deste ambiente. Ouço ruídos do aposento lateral; parece uma festa, uma reunião. Há muito não ouço barulho que não seja aquele emitido pela minha própria cabeça contra a parede, marcando o compasso do tempo a girar em uma espiral infinita. Meu pai acenando adeus com o chapéu na mão, no cais entre uma multidão. Como é interessante a nossa capacidade de distinguir os entes queridos, capacidade espontânea, quase biológica de, mesmo cerceados pela situação mais cruel, ou no tumulto mais ordinário, encontrarmos coerência na fisionomia dessas criaturas, a ponto de podermos resgatar o contorno de suas faces depois de décadas de reclusão. Ei-lo: está na minha frente, o rosto sulcado, as sobrancelhas grossas, o nariz aquilino e o corpo delgado dentro das calças frouxas balançando ao vento. Minha vida foi tranquila de modo geral, de poucos acontecimentos. Até o dia em que conheci uma mulher. Não qualquer uma, mas aquela com a qual vim a me casar e viria a constituir família, se os filhos não nos fossem negados pelo destino. A pele excessivamente branca, os olhos cristalinos em tons de melancolia sugeriam uma natureza diversa da maioria rasteira e vulgar que encontramos em abundância pela rua. E talvez seja isso mesmo que tenha me interessado: a franja tênue lhe pendia dos cabelos negros, as mãos muito pequenas e delicadas sobre as teclas do piano executando as *Gnossiennes*, uma combinação de traços, formas, conceitos, temperamentos, tudo confluía para aquele ser singular que parecia dotado de uma pureza sem predicação possível. A voz etérea, a carne pálida, o jeito maternal de arrumar e dispor em simetria os objetos pela casa, sobre a mesa da sala, os detalhes da louça rigorosamente enfileirada na estante, o riso inscrito com discrição entre os lábios finos. Toda de branco, vejo o seu reflexo na enfermaria onde a pele, a roupa branca, as luzes e a parede ao fundo mais parecem uma iluminação indistinta que vem perorar a presença divina entre os vãos da vida quotidiana e ordinária. O pulmão estava fraco; uma estufa o substituía, arfando ao meu lado como se fosse um paciente imaginário a pedir clemência entre um suspiro e outro. A insulina pingava com hesitação, como os iniciantes no crime, e eu conseguia discernir poucas coisas com precisão naquele horizonte de camas e luzes florescentes. Apenas a sua voz, quando ainda ecoava, longínqua. Mas isso passou; e a vida reatou seu curso. Reabilitado, fui à sua procura. Travamos contato, saímos, encontramo-nos algumas vezes, e eu me sentia praticamente entregue. Sugeri-lhe casamento. Ela não concordou; expôs seus motivos; a idade, uma certa inaptidão inata para esse tipo de compromisso, coisas da sua natureza mesmo. Minha insistência não cessava. Casamo-nos, por fim. E aqui começa minha história real. Não que eu tenha sido infeliz ao seu lado, ou tenha descoberto que na verdade não a amava o quanto supunha; não tive amantes, nem essas crises conjugais comuns entre homem e mulher. Houve algo distinto entre nós. Os primeiros meses foram maravilhosos; quando eu a olhava cozendo à luz incidental da janela, o ar absorto de alguém que nunca experimentou um contato imediato com a realidade, que vivesse simplesmente de contemplação, consentimento, abnegação, sentia uma felicidade que nunca havia experimentado. Pensar que aqueles gestos, cada torneio de seus ombros sob o decote, seus cabelos lisos, seu olhar ausente, sua discrição e até mesmo o seu silêncio me foram concedidos por um desígnio superior e inalienável enchia-me de uma sensação de paz, de uma satisfação ímpar, nova para mim. Alguns podem pensar, por essa descrição, que se tratava de uma mulher como as outras e atribuir todos esses traços que eu achava fundamentais para a compreensão do seu caráter a uma simples tendência à subserviência e ao acolhimento, à rotina de uma vida amena e medíocre, e inferir que, se o faço, é apenas por amá-la, e para o amante a realidade é algo sempre e sempre inatingível. Como uma espiral dá voltas e nos ilude ao sugerir um falso retorno ao ponto de partida, pois se encontra, efetivamente, cada vez mais distante do centro, assim também funciona a percepção do amante com relação à pessoa amada: elegemos cada detalhe, cada peculiaridade do ente amado e a erguemos a uma condição absoluta, como se aqueles pedaços, aqueles fragmentos que forjamos nos nossos sentidos, neles se dispusessem e se ordenassem, de tal forma ganhassem coesão, que haveríamos de supor facilmente que não estão subordinados às ordens do tempo, da matéria, e sim, pairam, incólumes, em uma dimensão paralela atemporal que ora se assemelha à perfeição, ora à resignação dos santos e dos mártires, indiferentes ao dia a dia e às preocupações dos mortais e seus afazeres. Não, não era isso. Tinha bem claro em minha mente os limites do que ela era realmente, e o que era fantasia, devaneio ou mera mistificação da minha parte. (Há uma goteira bem do meu lado; de repente vi as palavras crescendo ao ritmo dos pingos, e a folha de concreto sob meus pés se transformou no artífice e no suporte da mais antiga narrativa jamais contada, a natureza escrevendo em sua língua muda e gravando em marcas indeléveis a história avessa da humanidade. Não a história dos vitoriosos, já que foi justamente para esses que ela fora feita; nem a dos derrotados, pois não deve ser digno de interesse quem se compadece com a própria ruína; simplesmente a história natural dos seres, coisas, resíduos de gestos que povoam a física do planeta sem nunca terem entrado para os autos ou sequer merecido a atenção de uma criança. A árvore cresce, a concha se cristaliza nos oceanos e, em seu sono calcário, a vida infracelular se gera a si própria, a ave enceta mergulho e pouso, o fóssil se fossiliza na distensão dos séculos e dos milênios, sem que ninguém os meça, sem que ninguém os saiba ou os interrogue. É o mistério da vida não inteligida, não catalogada, que escapa, e é também o nosso mistério). Andávamos por longas horas pelo parque próximo de casa; cruzávamos o lago a remo; recebíamos uns amigos, visitávamos outros. Não havia nenhuma grande indisposição. Tudo se passava no melhor dos mundos existentes. No entanto, depois de algum tempo, comecei a perceber uma indisposição em compartilhar nossa vida conjugal com outras pessoas, ainda que fosse uma mera troca de informações superficiais ou um encontro ocasional sem qualquer envolvimento. Passamos naturalmente a nos centrar cada vez mais em nós mesmos, criando recreações que nos dissessem respeito em primeiro lugar, depois aos outros. Nossos amigos se tornavam escassos; nossa vida social, cada vez menos constante e cada vez mais intermitente. Até o momento em que raramente deixávamos a casa, situada na periferia da cidade, quase na zona rural. Inconscientes e alheios ao que estava acontecendo em nosso casamento, sem dizer qualquer palavra, passamos a só sair de casa para ir à mercearia comprar comida e outros itens primários. Meu maior deleite era observá-la. Então assim eu permanecia, observando-a. Possuindo-a com os olhos enquanto ela mirava o vazio de sua mudez. Para que precisaríamos dos outros? Éramos felizes, e não havia motivo que provasse o contrário. Mesmo porque, imaginava, quando em comunidade, o ser amado nunca é exclusivamente nosso, pois acessível à admiração de muitos outros, de pessoas estranhas mesmo. Acreditava que a unidade da alma de uma pessoa só se realiza em sua plenitude quando conseguimos estruturar sensivelmente todos os seus traços marcantes e ter uma imagem global desse ser formada em nossa alma, como em um espelho, de tal modo que pudéssemos passar anos sem vê-lo e mesmo assim conseguíssemos recompor seu retrato em estado natural. Só dessa forma pode haver o amor entre duas pessoas: quando ambas encontram a exclusividade, o quê de singular guardado pelo outro e que, por um enigma que não conseguimos decifrar, nos fora ofertado. Não dizíamos mais nenhuma palavra; não era necessário; havia trancado as janelas devido à petulante interferência dos meninos do bairro, sempre a nos importunar para devolvermos a bola de futebol em nosso quintal. O mantimento era suficiente para alguns meses; revi toda a nossa rotina, para me certificar de que não haveríamos de ser incomodados por nada. A sós, um dia transcorrendo atrás de outro; as notas do piano vibrando ganhavam o espaço da sala principal. Nada mais me importava. Decorei cada curva daquele corpo, cada artifício daquela fala, cada ondulação daquela roupa, diferentes a cada nuance de determinadas intensidades de luz e cada nova perspectiva. Mas os fatos se encadeiam, e as suas consequências se forjam quase sempre à nossa revelia, embora sejamos nós que tenhamos que levar essas mesmas consequências adiante. Passamos um ano e meio nesse sistema de reclusão parcial e voluntária. Foi quando comecei a notar um arrefecimento de meu desejo por ela. Vi-me, surpreso, não tendo mais a mesma sensação delicada, aquele misto de ternura e de admiração instintivas, ao vê-la fazer as atividades da casa em silêncio, emitindo ora ou outra um sorriso discreto que mais parecia um apelo erótico estrategicamente dissimulado com o objetivo de, por meio de sua ambiguidade, ter o seu teor sensual e lúdico ainda mais acentuado. Aceitava o jogo; entregava-me às regras que ela me prescrevia sem delongas ou esses discursos infantis que os homens adultos adoram, justamente porque ainda não aprenderam a amar. Essas encenações me pareciam coisas de casais cujo envolvimento, por ser tão superficial, precisa ser constantemente posto em evidência, rezado e repetido como se faz com uma cartilha ou um manual. Entretanto, por mais que eu tentasse, e por mais que me fosse cara aquela presença, meu sentimento esmorecia a cada dia, de forma tão implacável e intensa que não conseguia mais omitir. Revi nossas ocupações; tentei me persuadir de que aquilo não passava de uma crise, um delírio efêmero. Não surtiu efeito: a cada novo dia, minha impaciência e meu desconforto só cresciam à proporção inversa da imagem perfeita que havia criado e cultivado por todo aquele tempo. (É um lugar-comum dizer que o amante se transforma na coisa amada em função de seu sentimento; isso parece claro aos olhos da criatura mais desprezível, se não me equivoco. Entretanto, afora o valor edificante dessa simbiose celular de corpos e organismos, poucos o consideraram a partir de seu lado maléfico, cruel e, poderia mesmo dizer, maligno. E, no entanto, essa era sua substância primordial. Todo amor carrega em si virtualmente um momento mágico em que nos identificamos com a pessoa amada a ponto de perdermos nossa identidade e atribuímos todos os seus movimentos e ideias não apenas a ela, ser autônomo que gravita em uma órbita independente da nossa, mas sim a partes, prolongamentos, atos nossos mesmo, sobre os quais não temos domínio nenhum. O coração bate para irrigar o corpo. Não o detemos, nem temos necessidade de saber que ele bate para prosseguirmos vivendo. É um músculo involuntário e age à mercê das vontades e em prol de uma vontade maior: a manutenção da vida. No caso dos atos da pessoa amada, essa operação é muito mais delicada: pressupõe não apenas que esses atos e movimentos vitais independem de nós, como poderiam muito bem desaparecer amanhã ou depois, caso a pessoa resolvesse seguir outro rumo. No amor não há indivíduos: há uma massa amorfa de atitudes incontroláveis cujos desejos não são mais de sujeitos, mas de um agregado de forças que os ultrapassa, um feixe de sentidos e de intensidades que participam e se enredam como finas e transparentes teias de aranha na infinita trama de eventos do universo. Por isso, não somos nós e os regentes dessa comunhão que estamos implicados, mas o próprio Deus). Tendo por norte essa ideia, levei-a até o fim. Transcorridos meses de reclusão, ela apresentava olheiras, um ar acinzentado, havia perdido vários quilos e não se animava com nosso entretenimento a dois; disse-me que precisava sair; queria reatar a vida social que havia obliterado por nosso motivo e por sua vontade. Concedi-lhe que o fizesse, mas o aval durou pouco. Já nas primeiras semanas senti febre, tremores, uma angústia anormal. E não se tratava de ciúmes; não imaginava, isso nem era possível, que ela flertasse com outros homens em seus passeios matinais. Não era esse o problema. O problema era de outro teor. Só de imaginar que outros olhos poderiam olhá-la, que ela dividiria a mesma calçada com outros pés, que, ai, nojo maldito!, que ela conversaria e compartilharia o mesmo ar com outras pessoas, dentre as quais desconhecidos, me dava uma revolta, um ódio profundo e um desprezo por toda a humanidade. Como posso amar um ser que não seja exclusivamente ele mesmo e, pelo consórcio com os outros seres, se misture a eles e mescle traços desses outros seres aos seus? Como amarei aquele torneio de ombros, aquela obra peculiar da natureza, tendo em vista sequer a hipótese de que esse gesto poderia ter sido aprendido com uma amiga, ou, pior ainda, surgido de um simples ímpeto de adequação à moda, ao conjunto de regras de etiqueta compartilhado por todos em uma certa época? Como conceber o amor por um ser que comporta outros seres em si? Como desejar um ser para o qual confluem todos os seres? Se a alma é a unidade que Deus pôs em cada criatura, como amar uma criatura sem a unidade que torna todo corpo sobrenatural? Onde estaria o amor? E onde entraria a fidelidade? Se o amor é divino, e é preciso que o seja, só se pode amar uma mulher, assim como só se pode adorar a um deus. Mas essa lógica simples se tornava cada vez mais obscura em minha mente. Amava-a com toda minha força e, no entanto, não era capaz de lhe dar um simples beijo sem pensar que aquela inclinação dos lábios em forma de taça tivesse sido aprendida de alguma desconhecida; de admirar a alvura dos seus calcanhares sem reparar na meia que poderia ter sido copiada da filha do jardineiro; de notar a desenvoltura dos gestos quando estava efusiva, sem associá-la aos malabarismos das modelos; de observar a curvatura de seu maxilar quando sorria, sem me lembrar de imediato de seu irmão; de ligar, meu deus, a versatilidade de sua mão manipulando a faca aos trejeitos das mãos do açougueiro em seu ofício. Minha saúde foi aos poucos sendo consumida por essa obsessão. Já que nossa devoção não podia mais ser mútua, comecei a cercear suas saídas e os seus compromissos; indagava sobre todos os lugares para onde ela fosse, com quem frequentava, por quanto tempo, todos os horários e por aí afora. Isso não bastou. Expliquei os meus motivos; ela redarguiu; resumir nossas vidas a nós mesmos havia sido bom no início; fora uma loucura passageira e consentida; hoje não faria mais sentido. Não acatei e, por situações muito pontuais, com malícia, tratei de, aos poucos e meticuloso, anular suas tarefas. Fingia-me doente e requisitava sua presença e seu tratamento. Inventava as situações mais esdrúxulas, as viagens a dois mais esquisitas e as ocupações caseiras mais absurdas para prendê-la sem ter de utilizar a força. Estava conseguindo. Logo ela havia abandonado o emprego e se afastava lentamente dos poucos amigos que lhe restavam. Ao perceber o mecanismo que lhe impingia, revoltou-se. Exigiu que eu a deixasse livre, tentou demonstrar o ridículo daquela situação, fez voto de silêncio, esbravejou. Isso era muito pouco para tirar uma ideia fixa da minha cabeça. Vendo que não poderia controlá-la por artifícios, e que seus argumentos eram irredutíveis, tive que ser mais enérgico. A princípio, preguei algumas tábuas atravessadas nas janelas e alterei todas as fechaduras, mantendo as chaves sob meu domínio para evitar qualquer tentativa de fuga e para deixá-la circular por todos os aposentos. Não foi possível: ela tentou arrombá-las diversas vezes sem sucesso. Também passei uma fita adesiva em sua boca, para evitar os gritos por socorro, a estridência da voz a reverberar em todo bairro. Os vizinhos ficaram curiosos. Dissuadi-os. Ela fora morar na casa de parentes, em outro país, a estudos. Apenas eu entrava e saía, em horas e dias estratégicos, como um vulto. Ninguém me via. Logo deram a casa por abandonada. Não entendia aquela reação da parte dela; a única coisa que estava tentando fazer era preservar o nosso amor e protegê-la das influências do mundo. As tentativas e meios diversos de chegar a um acordo foram infrutíferos. Tive, então, a contragosto, que a trancar no porão, livrando-a apenas na hora das refeições, que fazíamos juntos. O banho meticuloso, a roupa bem alinhada, um perfume, o cabelo bem penteado. Que prazer me dava prepará-la, e também a mim, para aqueles jantares, um prazer indescritível. Sentávamo-nos frente a frente, as iguarias se estendendo com fartura sobre a mesa, e eu a observava. Em pouco tempo notava mudanças no seu temperamento; os sinais do mundo exterior, como manchas em uma janela embaçada pelo inverno rigoroso ou nódoas de sujeiras no uniforme de um estudante depois da tempestade, se dissipavam, se apagavam e se recompunham à atmosfera de dias idos e cada vez mais desbotados da memória; quanto mais o tempo passava, mais eu a livrava das impurezas do cotidiano e maior era a nitidez dos seus traços que recrudesciam para mim e afirmavam a sua personalidade. Nesse tempo ela não lutava mais contra as circunstâncias. Parecia aceitar, fria e resignada, o nosso destino, enquanto eu podia muito bem ficar horas com a comida esquecida no prato, apenas observando embevecido o trabalho de suas mãos trêmulas sustentando a colher até os lábios rosados, quase roxos. Então, pude enfim compor sua feição como eu a imaginava e ativar novamente o amor que sentia por ela. Semelhante a quem organiza um quebra-cabeça, e dá a cada peça o seu lugar no tabuleiro, recriando por fim a figura tão esperada, recrici a sua personalidade. Fazia compras, cortava lenha para as noites de inverno diante da lareira; líamos em silêncio na sala; logo em seguida eu ia preparar sua cama, vesti-la e pô-la para dormir. Fui eu mesmo quem lhe deu as festas de aniversário... E foram muitas! Um dia, porém, como outro qualquer, quando tomávamos o café da manhã à mesa da sala, mirei-a de relance e tive um ímpeto incontrolável. Ela o sentiu e me olhou ressabiada. Tentei domá-lo; não foi possível. Algum demônio se levantou dentro de mim e sem qualquer explicação ou motivo aparente foi ao gabinete da pia e pegou uma faca de lâmina translúcida. Parei em pé às suas costas. Alinhei ao seu corpo uma baixela cromada, transformando-a em um espelho onde seu rosto atônito e aflito se refletia. Com uma das mãos envolvi uma grande mexa de seus cabelos negros; cortei-a, como quem cortasse uma réstia de alho ou uma corda, friccionando desordenadamente as cerdas contra os fios que se rompiam aos enxames entre os dedos. Repeti diversas vezes esse gesto, com o olhar fixo no seu reflexo que uma hora ou outra deixava escorrer alguma lágrima. Não posso negar ter sentido um prazer obscuro naquele ritual. Aliás, poucas vezes na vida havia saboreado tanta satisfação; era como se nossa relação houvesse começado de fato ali, naquele dia, naquela cozinha embebida da luz natural a vazar da claraboia situada no teto. Fiquei por muitos minutos parado, um sorriso entremeando o ríctus e as marcas faciais, fitando aquela imagem que também me olhava e oscilava. Hoje posso dizer que aquilo correspondeu para mim a um estado de graça, a um êxtase místico ou coisa parecida. (Sempre chega um momento da nossa vida em que tentamos organizar todo o passado a partir de um ponto, um eixo, um conjunto de valores atuais e, a partir deles, pensar se o que temos feito está coerente com nossos anseios mais íntimos. O fato é que não raro tenho a impressão de podermos chegar ao fim da vida e, no leito de morte, entre mercúrio e lâmpadas, olharmos para trás e num átimo percebermos que toda nossa vida não passou de um equívoco, de um grande erro, e imaginarmos caminhos bem diversos dos que escolhemos ou aos quais fomos induzidos. O passado se descortinaria diante de nossa retina cansada como um holograma ou um cilindro visual correndo às avessas, porque sugeriria a liberdade de escolha dos atos, mas nos daria também o vazio de seu sentido último, à medida que todos eles, por melhores ou piores que tenham sido, são e serão sempre irreversíveis. E era nisso mais ou menos que consistia nossa relação.) Desde esse ocorrido, passei a vê-la sob outro ângulo. Ou melhor: passei a notar, não nego que com um certo incômodo, certos índices de apatia, uma masculinidade discreta, talvez em decorrência do cabelo raspado, e uma ostensiva fragilidade. Quis criar argumentos racionais que justificassem aquela nova atitude; não pude. Seu aspecto me incomodava. Suas olheiras, seu ar delicado, ao invés de incitarem na minha imaginação figuras angelicais, me induziam a ver um fantasma maltrapilho naquele ser que passava seus dias a se deslocar de um aposento a outro da casa, um *clown* estúpido de alguma farsa, ou o protagonista de um jogo de encenação do qual eu desconhecesse por completo as regras. Parece dispensável dizer o abismo que se criou em minha vida ao ver se transmutar em um objeto alheio, indiferente, estranho, diria até independente em absoluto de mim, aquilo que um dia fora parte integrante, não só da minha mente, do meu espírito, em uma unidade alquímica, mas do meu próprio corpo, uma continuação viva do meu complexo sensível. Sei que tudo isso pode soar exagerado, mas não o é. Quando excessivamente expostos ao sol, e a um clima específico, nosso organismo tem certas propriedades fisioquímicas de se conformar a ele e quase chega a elidir suas características anteriores por completo. Os indivíduos, nós, somos como uma tábua, uma folha em branco em cuja superfície se impregnam os signos de nossa experiência exterior, e com tal sutileza se faz essa metamorfose, e de tal modo estamos subordinados aos seus efeitos, que se poderia dizer que, sem eles, não passaríamos de um boneco oco, uma concavidade feita de ossos e nervos. Como o camaleão, ou certos tipos de mariposas, que mudam em função do lugar, assim nos amalgamamos às coisas ao redor e nos formamos à moldura delas e nos transformamos nelas, à nossa revelia. No caso do ser amado, esse processo não apenas se dá, como se dá com o nosso consentimento, ou seja, com mais intensidade. Então pensei: tratarei dela com mais devoção. Isso: faltam maiores cuidados. Daí em diante, desde o momento em que ela acordava até a hora de ela ir se deitar, eu promovia todas as suas atividades, incluindo banhos, refeições, distrações. Todo o meu dia estava disposto em relação a ela, em todas as suas minúcias, desde auxiliá-la com os talheres no manuseio da comida, dado que ela não tivesse equilíbrio nem força para fazê-lo, até guiá-la pelos corredores à noite, posto que, talvez pela falta de vitamina ou de luz natural, sua vista se apagava dia a dia. Em virtude da distância que separava o porão do restante da casa, e estando meu quarto a meio caminho entre o banheiro, a cozinha e a sala de estar, muitas vezes usava-o para trocá-la ou a deixava repousar um pouco durante a tarde, para observar a languidez de seus contornos. Por esse motivo, por força das circunstâncias, vesti-a diversas vezes com minhas peças de roupa, poupando tempo e desgaste. Numa dessas tardes, que por mim poderiam deixar de entrar nesta história, saído do banheiro com seu corpo tenro envolto numa toalha e respingando pelo assoalho, tremendo como um galho tocado pelo vento, levei-a para o quarto. Efetuei todos os passos daquela atividade cotidiana, quase mecânica: pus as calças, a camisa branca de botão, penteei os cabelos disformes, depois o cinto, as meias, o sapato, um perfume e, quando me direcionei para o armário com as portas espelhadas e as abas entreabertas, vi algo que não sei se terei condições expressivas de comunicar com palavras, tão frágeis, tão limitadas elas se mostram quando precisamos tocar o nosso inferno particular, aquela zona indeterminada de nossa mente onde todas as classificações fogem e iludem o entendimento. Parei; à minha frente as três portas, numa conjunção de ângulos inusitada, mostravam nossos reflexos multiplicados. O que acontecia é que não era possível distinguir um do outro: nossos reflexos se propagavam e se sobrepunham um ao outro; com tal malícia se alternavam o desenho do nariz, a curvatura dos ombros, a compleição geral do corpo e suas dissimetrias, que eu não podia mais encontrar a linha, a fronteira de divisão de nossos seres. Com as minhas roupas, um tom melancólico estampado no rosto, os cabelos ouriçados, o corpo ressequido, ela se projetava naquele jogo de contas e de espelhos, e éramos uma única imagem refratada em perspectivas diferentes, idênticas na aparência embora não coincidentes no corpo e na substância. Éramos uma única pessoa, um único ser multiplicado e dividido, infinitas vezes. Quando olhei para o lado, vi-a um pouco assustada. Talvez por ter intuído o mesmo que eu, ali, parada, como uma estátua, um bicho ameaçado, arquitetura frágil e branca dentro da camisa e da noite ininterrupta que a ultrapassava em tamanho e espessura. Circulei pelo quarto; fui à janela; mirei demoradamente o céu pelo húmus do vidro, como se visse o nada, como quem olha para uma parede, para o chão, sem depreender deles nenhuma sensação ou experiência. Andei em círculos, como um animal doente, lento em sua tentativa de sobreviver a si mesmo; ela continuava imóvel, cabisbaixa, em pé no meio do cômodo. Queria saber o que sentia naquele momento, queria dar forma àquela espécie de ódio que sublevava minha inteligência, pedia-lhe uma explicação e ela, rendida, não a conseguia dar. Por que nós dois? Por que estávamos ali, naquela cena que mais parecia um conto de fadas às avessas? Éramos um único e exclusivo ser compacto. E não é essa a substância mesma do amor? Não era isso mesmo que eu houvera procurado o tempo todo? Essa união mística? Um tremor se apoderou de meus músculos, turvou minha vista; uma excitação subia pelas pernas e se projetava em direção ao céu, passando pelas carótidas e os tegumentos viscosos da linfa e da carne; um álcool permeou as minhas veias, em uma combustão veloz queimou minhas entranhas de um modo que nunca antes havia experimentado. Girando o corpo com velocidade, golpeei-a com as costas da mão, jogando seu corpo na extremidade oposta do cômodo. Atirei-me sobre ela e a surrei por alguns minutos a fio, mesmo durante o tempo em que já estava desacordada. Posso me lembrar claramente das minhas mãos, essas mãos, com sua liga de nervos e seu mecanismo de tensão e retração, em sístoles e diástoles, o fluxo sanguíneo correndo, subcutâneo, esmurrando aquele ser, aquele ser amorfo, indistinto, aquele ser que já não me dizia nada, que não era nada, batendo-lhe como se bate num travesseiro, num boneco qualquer que fosse feito para isso mesmo. Exaurido, caí de lado. Reclinei-me na parede e dormi, ou desmaiei, não sei dizer. Sei que ali me mantive um dia inteiro, ou mais. Ao acordar, ela ainda permanecia a meu lado. Ainda em letargia, arrastei-a bem devagar para o porão, fechei com cuidado o cadeado e fui sentar-me na sala. Fiquei ali: sentado. Desde então não me lembro de nada, ou quase nada. Lembro-me da porta principal sendo arrombada; uma multidão de seres azuis com lanternas, perguntas confusas; colocaram espátulas em minha língua e metais em meu pulso. Não lembro de mais nada do que houve depois. A memória tem um limite, e, quando não apreendemos mais o que seja exterior a nós, morremos de uma certa maneira, para o mundo e para nós mesmos. Aqui estou eu, minha roupa, essa cadeira, uma viga de madeira no teto. Se quiserem, podem baixar a cortina.

Homeros

Leio em um manual de literatura a notícia biográfica de um autor que se intitulava Pseudo-Homero e que viveu na região da Beócia por volta do século I da nossa era. Sua *Odisseia*, redigida em latim, imita palavra por palavra, passo a passo, linha a linha, canto a canto o poema do rapsodo cego. Fiquei surpreso com essa informação e feliz por ter conhecido esse autor indispensável às letras universais. Também senti em meu íntimo que se tratava de uma obra mais necessária do que a obra do seu ilustre modelo grego. Sei que a princípio essa afirmação pode parecer contraditória, mas, analisada friamente, é tão lúcida e clara quanto a luz do sol. Se louvamos o fato, irrisório em si mesmo, de que um dia, em uma parte do mundo, houve um homem, ou a síntese do trabalho de um conjunto de homens, que cantou o retorno de Ulisses a Ítaca e ficamos admirados imaginando que isso realmente ocorreu há quase três mil anos, por que não admirar ainda mais alguém que, tão crente da veracidade dessa hipótese, se propôs a revivê-la em suas linhas e na sua vida? Se nós atribuímos valor a Homero pelo simples fato de ter existido, o que comprova a sua existência senão a existência do seu antípoda, o falso Homero? Sombra cujo movimento dá realidade ao corpo, o falso Homero é o único testemunho do valor de Homero: revivendo através da tradição, indiretamente, de maneira pálida e oblíqua, o poeta grego está presente na rotina intelectual de hoje na mesma proporção em que o branco está presente no vermelho. Sabemos que há neste um resquício ínfimo daquele, mas a experiência nos desmente a cada momento essa conjectura. E estamos prestes a concordar que o vermelho necessita do branco com a mesma intensidade que a constelação precisa de uma única estrela para ser constelação. Ao contrário, quem seria hoje capaz de conferir a ele, Homero, esse estado de graça por meio do qual, despertando de um sono difuso de séculos e séculos, ele revivesse finalmente no espelho côncavo e negativo de uma obra e de uma vida que o absorvesse e o imitasse? A imitação não é uma degradação do modelo. Assim como o real não é um espelho embaçado do ideal. Quanto mais imitações diluam um modelo, mais esse mesmo modelo se confirma em sua originalidade. Quanto mais o real encarna e degrada as formas ideais, mais o ideal se confirma em sua pureza. As infinitas imitações do modelo reforçam sua essência abstrata, modelar, uniforme. As infinitas encarnações de uma ideia demonstram a universalidade e a potência formal dessa mesma ideia. Por isso, as obras mais potentes são aquelas cujos originais se perderam. Haja vista a gigantesca obra coletiva que são as obras de Cristo, de Buda, de Lao-Tsé, de Confúcio, de Sócrates, de Abraão e de Maomé. Bilhões de linhas escritas por milhões de mãos anônimas sobre personagens-fantasmas que não escreveram quase nada do que se lhes atribui. E, na maioria das vezes, sequer escreveram. Por isso, apenas a partir do Pseudo-Homero se revelou a essência de Homero. E a essência de Homero é a inexistência de Homero em si. Homero não seria Homero se não fossem os milhões de linhas de seus copistas. Homero não seria nada se não fossem as centenas e os milhares de taberneiros vulgares, cantores analfabetos e anônimos imitadores.

Esse mesmo manual dizia que Homero foi um poeta e que viveu por volta do século IX antes de Jesus. Teria sido ele quem recolheu e compôs os cantos do poema intitulado *Odisseia*. Segundo outros, em palavras que ressumam a disparates, foi o fundador da literatura ocidental. Não me estendo aqui a demonstrar que a maior parte da humanidade está equivocada em sua concepção de tempo, e que a cronologia é uma cegueira dificilmente mensurável em palavras polidas. A cronologia trata as coisas como prenúncios do que um dia deve se cumprir. Não percebe que tais coisas só existem em função do que delas advém no passado, ou seja, nascem desse futuro remoto que é, ao fim e ao cabo, sua matriz. Tudo existe no futuro. A vida é um atributo do futuro. Tudo o que é, é o que é porque devém de um rio que flui do futuro para o passado. Então tudo que existe, existe e se encontra no futuro, usina do real. Resta ao passado ser um tipo de Hades, um subsolo vascular, cheio de lodo, sombras, algas e sono. Devido a isso, limito-me a dizer que o Homero grego imitou antecipadamente o que fez o Homero romano, cerca de dez séculos depois e em latim. Se a *Odisseia* é um arquétipo, e assim paira, pronta e intacta, como ideia na mente de Deus, somente a repetição fenomênica de uma ideia é capaz de criar a ideia enquanto tal. Assim como apenas a repetição de uma obra produz o que chamamos de obra, algo que transcende essa triste cultura moderna do culto aos indivíduos, aos salões e às assinaturas. Nada existe. Tudo coexiste. Se algo existisse isoladamente, seria algo semelhante a um rascunho do vento na areia ou um grão que não compusesse uma praia com outros infinitos grãos. Para dizer em outras palavras, se apenas a repetição de instantes dentro do tempo nos dá a ideia de tempo, somente a repetição de odisseias nos dá, enfim, a *Odisseia*. Quem é então o seu criador? Opto pela infinidade de homens e mulheres que vivem presos ao longo de toda uma eternidade sob essa sufocante máscara mortuária e sob essa alcunha odiosa de Homero. Esse autor coletivo no fundo é toda a humanidade. Os sete bilhões de anos do universo aliados aos quatro bilhões e meio de anos da vida na Terra concorreram para que um agregado de aedos anônimos gerasse um autor chamado Homero e escrevesse uma obra chamada *Odisseia*. Por que a origem do Pseudo-Homero seria diferente? Na verdade, o Pseudo-Homero é mais original que Homero, pois aquele retorna à fonte anônima de onde este se originou e que seus cultores fizeram questão de ocultar, pavoneando-se com palavras vãs e vazias como cultura, civilização, espírito. Enquanto o Ocidente louvou Homero como indivíduo, louvou uma fraude. Cada indivíduo que louva Homero enquanto indivíduo, louva a si mesmo, ao seu proselitismo, à sua arrogância e ao seu pernosticismo, travestido em nobreza. O falso Homero latino é um desperto. Um asceta. Um escritor conceitual. Conduz-nos ao Homero que todos trazemos adormecidos em nós, sem que nunca o tenhamos sequer lido. O culto a Homero é um passatempo de eruditos rançosos, uma filologia de pedantes, uma religião de eunucos. Os anônimos adormecidos sob a face de Homero são os maiores poetas que jamais existiram e que porventura possam ainda hoje vir a existir.

Libertarismo
Uma nova teoria da humanidade

Em um domingo de modorra em casa, o corpo lançado na rede da varanda, balançando ao sabor do vento e das palmeiras reclinadas sobre mim, entre o devaneio e o sono, observava uma complexa e infinita linha de formigas que vinha do horizonte do quintal e atravessava meu quarto ensombrecido em direção à cozinha. Fui então assaltado por uma ideia que alteraria todo curso de minha existência nesta Terra. Exponho-a aqui porque espero que ela também altere o curso e o sentido da existência de outros de meus semelhantes, em uma reverberação de amplas ressonâncias. A ideia era tão simples e tão perfeita que fiquei aterrado de ter cabido justo a mim tê-la intuído. Depois de muita reflexão e de contemplar todos os pesos e contrapesos, todos os prismas e variações, como se eu analisasse um ouriço, uma montanha de corais, um cardume ou um cristal, não a defino como um dos acontecimentos mais importantes ocorridos neste nódulo de lama, perdido em um canto do universo, por causa de alguns pruridos de humildade que, infelizmente, ainda não se dissiparam de minha natureza. Impregnam-me ainda como resíduos de minha humanidade anterior, agora abandonada por completo depois da derradeira metamorfose, serpente que deixa a antiga pele à vista para demarcar os signos de sua sabedoria. A veracidade dessa ideia brilhava como uma esfera cristalina dentro da noite do cosmos. Ela era não apenas teoricamente perfeita; era eficiente e exequível. Não poderia falhar. Estava decidido. Iria colocar-me à venda. Isso mesmo. Vender-me. Iria ceder toda a minha integridade intelectual, corporal, material e espiritual a quem estivesse disposto a me comprar e, mediante o contrato de compra e venda, possuir-me. Não como quem possui um empregado, um criado ou um serviçal. Estaria disposto a me vender para quem estivesse disposto a me possuir como quem possui alguns alqueires de terra, um armazém, um par de botas, um cavalo ou um carro. A explicação dos meios e dos fins dessa minha nova teoria sobre a nossa humanidade, sobre a humanidade que fundamenta o humano que somos em todos os seus desempenhos e quadrantes, e sem a qual nada distinguir-nos-ia de bestas de carga ou de objetos inanes, como ia dizendo, a explicação de como cheguei a essa verdade e a esse objetivo de me colocar à venda requer uma série de ponderações. Algumas muito vagas e abstratas; outras, bastante prosaicas; todas refletidas na balança do livre-arbítrio e ponderadas às raias da obsessão. Desenvolvo, pois, aqui, os passos desse sistema que embasa minha escolha ousada e que ousei intitular como libertarismo.

O libertarismo é um sistema de pensamento e uma filosofia acabados, com todos os seus pontos demonstrados de modo geométrico, como exigem os matemáticos e os polidores de lentes. Em primeiro lugar, precisamos dirimir a recursividade e a tautologia do termo. Apenas os adeptos do libertarismo poderiam definir o que a liberdade venha a ser a partir dos valores dados pelo libertarismo? Não. O que se pretende com essa nova filosofia, cem por cento brasileira, diga-se de passagem, é superar todas as arquiteturas conceituais fundadas sobre esses falsos silogismos e essas arapucas circulares que perpetuaram o erro, o engano e, no limite, sob o pretexto de esclarecer a mente e ampliar os horizontes espirituais, conduzem-nos apenas à demência. Quero demonstrar que o conceito e a terminologia do libertarismo possuem uma lógico irretorquível e transmitem uma verdade irretocável. E, por isso, é uma teoria que serve de *causa sui* para todos os domínios do humano e pode vir a ser considerada uma base metafísica para todas as ciências. Antes que me esqueça, preciso demarcar as fronteiras entre minha teoria e algumas matrizes de pensamento que, em um primeiro momento, possam parecer similares. O libertarismo não tem nada a ver com os ideais do liberalismo, em suas matrizes clássicas ou modernas. Tampouco se adstringe às concepções vulgares de liberdade do anarquismo e do marxismo. Isso porque essas teorias, sem negar seus méritos parciais, são meras teorias, ou seja, concepções mutiladas da esfera mais ampla de existência que define a humanidade e a liberdade em suas essências. Apenas para consumar esse preâmbulo enfadonho e explicativo, preciso dizer que o libertarismo guarda ainda menos semelhanças com as religiões e espiritualidades, bem como com suas vias de libertação. E isso ocorre porque todas as religiões do mundo, por mais que tenham à primeira vista concepções libertadoras, são todas, absolutamente todas, alicerçadas no robusto esterco da moral, como as vigas e os andaimes das edificações o são em camadas tenazes de argila e cimento. Como pretendo explicitar sem dar o menor azo à objeção, a moral é o primeiro e um dos mais persistentes inimigos da liberdade humana, ao lado do medo. Diante dessas evidências, podemos definir o libertarismo de modo bastante simples e nem por isso menos sublime. O libertarismo é o sistema de ideias e o conjunto de modos de vida capazes de formar, pela primeira vez na história do *sapiens*, homens e mulheres absolutamente livres. Em outras palavras, é uma doutrina espiritual, uma religião, uma filosofia e um guia de condutas. Tudo ao mesmo tempo e em uma concordância uníssona. O conjunto de todas as sentenças, leis e pressupostos que se lhe agregam é conhecido como a Doutrina dos Livres. Reconstruo agora os principais pontos e teses de meu sistema, para que quaisquer interessados possam compreender todos os passos e a verdadeira transvaloração a que tive que me submeter para adquirir essa iluminação.

 A primeira tese de minha doutrina diz respeito à moral. Melhor: procura demonstrar como o sofrimento dos seres vivos decorre da maior patologia coletiva que jamais acometeu a humanidade: essa metástase chamada moral. A moral e os valores estabilizados durante milênios nos levaram sempre a constatar a existência de uma lei que rege o ser humano: a necessidade de pertencer. O primeiro imperativo moral, a primeira e única lei de seu falso decálogo, pois em verdade não passa de um monólogo, é o imperativo do pertencimento. Todos os valores e pseudovalores garganteados por profetas, legisladores e sábios ao longo de milhares de anos não têm nenhum compromisso com a elevação, com a divindade, com a ordem, com as leis escritas ou não escritas. Não têm absolutamente nada a ver com a estratosfera sublime e irrespirável em que a situaram nossos mentores, guias espirituais e imperadores. A moral sempre esteve a serviço de uma atividade *contra naturam*: a uniformização dos indivíduos e a planificação das singularidades. Em outras palavras: a moral sempre foi e sempre será uma força gravitacional e centrípeta responsável por manter os seres humanos unidos. Mais do que isso: uma força capaz de instilar nesses mesmos humanos a necessidade vital de pertencimento. As palavras pomposas das religiões podem ser belas e ainda mais poderosas quando tonitruadas por anões, burocratas, feiticeiros e charlatães, em seus baldaquinos de ouro. Quando a analisamos e chegamos a seu fundo, não encontramos nada mais que um charco raso onde a saparia ronrona como rei.

Toda a civilização, toda a arte, todos os ritos, todos os mitos, todas as instituições, enfim, tudo aquilo que, desde sempre, foi considerado como formador do humano enquanto humano acabou por adquirir ares transcendentais e uma repugnante solenidade. A solenidade, o sublime e o elevado são apenas modos mais eficientes de camuflarmos nosso medo e nossa insignificância. A cultura e as obras das civilizações ganhariam muito se deixássemos de lado essas ilusões de grandeza e começássemos a conceber a vida de um modo mais realista e nem por isso menos espetacular. Já pensaram na odisseia de bilhões de anos de evolução que a natureza gastou para gerar uma couve-flor, um carrapato, uma anêmona ou um chimpanzé? Já pensaram no dispêndio magnífico de milhões vidas que se imolaram no altar vazio do universo tendo como único objetivo que eu e você conseguíssemos chegar até aqui para podermos ler esta página? Já pensaram no absurdo de alguns seres vivos terem se extinguido e outros estarem aqui, compartilhando a Terra neste exato momento? Quem garante que, daqui a alguns milhões e bilhões de anos, não apenas estas linhas, mas tudo o que foi produzido pelo macaco humano não encontre nem olhos, nem mãos, nem ouvidos de gente para poderem prosseguir seu curso? Conceber a vida a partir do momento anterior à emergência do humano e a partir do futuro desaparecimento do ser humano do universo é algo mais sublime do que Shakespeare. Acho que tergiverso e digressiono. Fujo ao objeto que conduz este texto. E, provavelmente, ao interesse que levou o leitor a percorrer estas linhas.

Meu objetivo era dizer como cheguei à conclusão de me vender. E como essa atitude contraintuitiva reserva alguns dos pressupostos morais mais elevados a que a humanidade poderia vir a aspirar um dia. Voltemos à minha posição inicial. A rede. Observava a linha diagonal das formigas. Devaneei com os contornos e as possibilidades que aquela equação não linear de seres quase microscópicos apresentava à imaginação. Já pensaram quantas formigas existem na Terra? E quantas bactérias? Os unicelulares e a microscopia desses seres ultrapassam em trilhões a quantidade de humanos. Quem garante que a quantidade não seria o maior e mais imperioso sinal de sucesso evolutivo? Quem garante que a quantidade de genes replicados das galinhas não há de transformar essas mesmas imperadoras dos quintais em uma espécie mais bem adaptada do que a nossa? Por fim, quem garante que essa replicação alucinada e quantitativa não será decisiva para que elas sobrevivam a uma hecatombe que há de varrer o *sapiens* do universo? Nesse sentido, entre nós e as baratas, continuamos em desvantagem. Desvio dessas minhas obsessões de entomologista amador; divago pelo aposento enquanto balanço em minha rede. Noto as pequenas ranhuras e desgastes do teto. E o relâmpago de uma ideia dividiu minha vida em fragmentos. Tento até agora me recompor dessa catástrofe subjetiva.

Desde as cavernas às estações espaciais, toda a saga do *sapiens* tem se resumido a dominar uns aos outros. Culturas dominam culturas, povos subjugam povos, Estados aprisionam Estados, línguas extinguem línguas, famílias vencem famílias, empresas incorporam empresas, pais determinam filhos, irmãos se sobrepõem a irmãos, esposas submetem maridos, maridos dominam esposas, amigos se influenciam uns aos outros, planetas e astros exercem a gravitação sobre outros planetas e astros, o sol modela a vida, a vida circula pela Terra, o planeta recebe os influxos da lua, o sistema solar gira e se dissipa na matéria escura, a matéria escura emerge da energia escura, desprendida do fundo sem fundo de trilhões e trilhões de galáxias e da substância intangível de quatrilhões de sóis radioativos, usinas de gases, hidrogênio, hélio, olhos fulminantes de onde todo o universo provém e para onde tudo caminha em direção à morte térmica e à grande estrela azul. Enfim: o universo é uma malha infinita de pequenas e grandes sublevações de seres. Uns com os outros. Uns sobre os outros. Uns contra os outros. Todos contra todos. Muitos contra poucos. Poucos contra muitos. Poucos contra poucos. Muitos contra muitos. Mesmo no mais amoroso enlace e no mais despretensioso beijo de reflexos no espelho do passado, somos esse magma de relações em conflito e combustão.

Diante dessa lei universal, o que vemos ao longo da narrativa do *sapiens* desde a cavernas é uma lei: a constante tentativa de dominar os outros para não ser dominado. As tecnologias, as religiões, a ciência, a política, a teologia, a economia. Os desempenhos e recursos de trezentos mil anos de *sapiens* foram até hoje investidos em uma ilimitada guerra de dominação. A dominação, por sua vez, mesmo quando visou recursos, riquezas, bens, territórios, ouro, honra, glória, poder e beleza, em todos esses momentos foi na verdade regida por duas forças simples: o medo e a moral. O medo de ser dominado pelo outro é o maior impulso dos hominídeos em direção à dominação dos outros. A moral fornece por sua vez os valores que dignificam esse domínio sobre os outros e os valores que demonizam a condição de sermos dominados pelos outros. Em que medida? Sabemos que todo senhor possui escravos, terras, propriedades, e que todo imperador possui um império e que todo estadista possui o poder sobre o Estado e que todo empresário possui o poder sobre o capital e sobre seus funcionários. Em todos esses casos, todos eles estão realizando apenas uma necessidade: satisfazer o seu prazer. Todo poder é um monumento da libido. Tudo que parece exterior ou alheio ao deus libidinal, ainda assim é subproduto do seu poder derivado. Se o corpo do poder é material, a essência do poder é a plena realização de algo imaterial: o desejo. Isso quer dizer o seguinte: todos os humanos que dominaram outros o fizeram em nome do bem. Fizeram-no para assegurar o valor moral de que nossas ações sempre visaram ao bem comum, quando, na verdade, sempre foram nada mais do que a profunda consumação e a plenipotente aliança entre essas duas potências titânicas. O medo de ser dominado pelos outros gera o imperativo moral de termos que os dominar. A moral nada mais é do que a legitimação dessa inversão de valores. Por meio dessa inversão, o gozo individual em dominar os outros se transfigura em necessidade primeva e fundadora de realização do bem comum. Em outras palavras, o medo transforma o escravo em guerreiro. A moral transforma a guerra, pela satisfação individual, em religião da preservação coletiva. No entanto, desde que a ideia-verme penetrou minhas têmporas e perfurou as minhas membranas cerebrais, enquanto eu balançava em minha rede sob o refluxo das palmeiras, e se instalou empertigada em minha mente, percebo que essa longa jornada do *sapiens* chegou a um novo patamar. E esse novo patamar será afiançado por minha nova teoria. Vejamo-la.

Por causa de todos esses dispositivos culturais, nada pareceu mais vergonhoso ao ser humano do que a impotência. Ser dominado sempre foi sinônimo de ignomínia. Por isso, a articulação entre a moral e o medo conseguiu uma proeza. Criou uma das maiores instituições humanas: a escravidão. O medo de ser subjugado por outros e a necessidade doentia de realizar o desejo de poder levou grupos humanos a dominarem outros grupos — tudo em nome do bem comum. Essa barganha pode ser mapeada em todas as eventualidades desse piolho do cosmos chamado ser humano. Desde seu aparecimento na cena do mundo, nos últimos segundos do relógio da vida, até sua esperada aniquilação, em um futuro não muito remoto. O problema é que todo escravo tende a reproduzir as leis daqueles que o escravizaram. Se o escravo tivesse plena consciência de si. E se o escravo nunca desejasse realizar o desejo daqueles que o escravizam, teríamos conseguido deblaterar há muito tempo os mecanismos da escravidão. Ou seja: todo dominado tende a se identificar com os valores daquele que o domina. Apenas assim pode um dia realizar o gozo de dominar alguém. Contudo, essa lógica de senhores-escravos e dominadores-dominados explica apenas uma parte dessa questão sutilíssima. Se o fim do poder é a realização do desejo, como seria possível uma radical desidentificação entre senhor e escravo? Como negativar por completo esse circuito vicioso de homens que se escravizam por medo e se combatem entre si em busca de prazer? Se não aniquilarmos o gozo que o sujeito experimenta ao dominar, como romper definitivamente esse ciclo de escravidão que se realiza sempre em nome do bem comum? Criando uma nova religião: a religião dos dominados.

Vocês podem muito bem estar pensando que isso fora feito e o fora há muito tempo. O judaísmo nada mais é do que uma forma de reverter a escravidão em potência. Por isso criaram um Deus uno, radicalmente distinto dos demais deuses. O Deus fora a forma de desonerar sua submissão involuntária aos outros povos. O culto de sua fraqueza perante os dominadores fora a única força capaz de subjugar os fortes por meio de outra força: a transcendência. O mesmo ocorre com o cristianismo. Jesus nasceu judeu, ou seja, filho de um povo perseguido desde uns dois mil anos antes seu nascimento. Provavelmente tinha a pele escura. Foi anatematizado pelos judeus e perseguido por estes e pelos romanos. Pregou para pobres, prostitutas, escravos, pederastas, pagãos e desgraçados. Uniu todas as periferias do mundo sob uma verdade cândida: todos são iguais em Cristo. Todas as etnias, credos, classes e *status* socioeconômicos estão virtualmente incluídos na Palavra. Todos os excluídos das leis serão salvos pela Lei. Serão salvos por este segundo Adão. Morreu pregado numa estaca entre bandidos. O Deus cristão morreu com ele. Esses fatos ilustram um axioma do apóstolo Paulo: fraqueza é força. Esse talvez seja o único ensinamento do cristianismo em dois mil anos de pregações. A única verdade contida nos milhões de páginas, doutas e populares, sagradas e profanas, escritas em nome de Jesus. O cristianismo é uma religião que transforma a fraqueza em força. Do papa ao pedreiro, quem nega a fraqueza e cultua a força é, rigorosa e efetivamente, anticristão. Não por acaso, o cristianismo sempre foi entendido como uma religião de escravos, sem conotações negativas. Eles têm o poder e por poder nos mutilam e matam? Nós temos a verdade. Verdade que nos foi dada justamente por vias do sofrimento, da humilhação e da morte. Eles nos crucificam e morrem. Justamente por sermos crucificados por eles, somos imortais. Eles têm o mundo? Justamente por nos privarmos de seu mundo, conseguimos acessar a vida eterna. Essa transvaloração dos valores não pertence apenas ao cristianismo. O budismo e o taoísmo, dentre tantas religiões da Antiguidade, também conseguiram subverter a lógica dominado-dominador empregando esses recursos de inversão de vetores, de mundos e de valores. O que era elevado, perde o valor. O que era baixo, torna-se valioso. A criação do mundo do além não apenas suplementou o mundo terreno com uma nova geografia transcendente. Conseguiu também esvaziar e relativizar o valor deste mundo. Ademais, se há mais de um mundo, em qual mundo habitamos quando estamos no mundo? Em qual transmundo vivemos enquanto vivemos? Qual transmundo habitamos depois desta vida? Todas essas interrogações foram trabalhadas também pela filosofia. O estoicismo e o poder do impoder. O cinismo e o poder da impotência. O socratismo e o poder da ignorância. O ceticismo e o poder da suspensão do saber. A radical ignorância do Deus de Nicolau De Cusa. A radical ignorância de Montaigne. O demônio da dúvida radical de Descartes. O elogio da servidão voluntária de La Boétie. A potência alegre de Zaratustra ao renunciar ao poder. Todas as filosofias da impotência do século XX. Não quero importunar o leitor com mais arrazoados de eruditismo mofado.

O que importa disso tudo é o seguinte: todos esses devaneios e todos esses acepipes de sabedoria continuam sendo modos indiretos de dominação do outro. Crio um Deus de caridade, amor e humildade para quê? Para dominar os outros que não creem no meu Deus. Crio um Deus absolutamente transcendente para quê? Para subjugar os demais deuses e cultos da idolatria. Crio uma religião do Nirvana e da ataraxia para quê? Para humilhar todos aqueles fracos que permanecem tristes, ancorados nas sombras materiais. Crio um mundo das ideias e das formas puras para quê? Para desprezar todas as filosofias que se ocupam de sombras e simulacros dentro das cavernas da mente e do universo. Crio uma filosofia do desprezo do corpo para quê? Para desprezar todos que se mantêm presos aos prazeres do corpo. Crio uma filosofia da nudez, da natureza e do sexo para quê? Para açoitar todos aqueles que cultuam ou simplesmente se regozijam com o sexo, a natureza e a nudez. Crio uma doutrina do desprendimento para quê? Para escravizar os incapazes de se livrar. Crio uma religião do Deus absoluto e supremo, selo final que encerra em si o ciclo da profecia para quê? Para mostrar como todos os demais humanos adoram deuses subalternos e amam a idolatria. Crio um personagem que transvalora todos os valores para mostrar o quê? Para demonstrar que apenas quem transvalora todos os valores é digno de valor. Essa enfiada de silogismos e sentenças abstratas demonstra a falsidade dessas verdades. Demonstra a fragilidade dessas soluções parciais do grande problema que obseda a vida desde que a natureza esboçou alguns olhinhos viscosos nos primeiros répteis e assim batizou a luz. Para pôr fim a esse ciclo de reencarnações e de repetições indefinidas em que a humanidade se vê presa, oscilando entre a moral e o medo, para romper esse *samsāra* em uma espiral infinita de eterno retorno, a única saída é abolir ambos. Isso mesmo. Abolir todo medo de ser dominado. Eliminar todo resto de moral que contribua para glorificar a mínima dominação que tenhamos sobre os outros. E essa nova classe de seres humanos será a única que poderá ser considerada livre e digna da palavra liberdade. Essa nova humanidade que começa comigo eu batizo de homens livres.

O que é um homem livre? Todo mecanismo de funcionamento da sociedade se baseia na venda, na troca ou na permuta de bens, trabalhos, serviços. As pessoas se sentem livres quando vendem sua força de trabalho para outrem e assim conseguem se possuir a si mesmas. Sentem-se livres também quando conseguem dispor dos meios de produção de uma cadeia produtiva. E, assim, vendem suas mãos de obra para si mesmas e compram as mãos de obras de terceiros, para capitalizar a rentabilidade e o lucro de seus produtos e serviços. Em escala planetária, ainda hoje toda a atividade humana pode ser resumida em um lema: ser dominado por outros para poder dominar a si mesmo. Dominar a si mesmo à custa da necessidade de dominar outros. Dominar outros para ampliar o domínio de si mesmo. Entretanto, quanto maior o domínio sobre outros, maior a realização do desejo individual de poder e menor é o domínio sobre si mesmo. Porque quanto mais dependemos dos outros para realizar aquilo que somos, mais alienados de nós mesmos nos tornamos. Todo escravo é escravo de si mesmo e do seu senhor. Mas todo senhor é senhor de si mesmo apenas à medida que se transforma paulatinamente em escravo de seus escravos. Diante desse paradoxo, minha teoria veio abrir um novo caminho e criar uma nova humanidade. Essa metamorfose da fisionomia humana deve surgir de uma prerrogativa central do libertarismo: a livre entrega à escravidão.

O peso aterrador que existe sobre a palavra escravidão decorre do lastro de sangue e desgraça que essa palavra deixou ao longo de milênios. Desde tempos imemoriais, a escravidão é associada à violência, confisco da liberdade e desumanização. Todo escravo sempre foi escravo por terem-no privado de sua humanidade, de sua escolha, de sua liberdade e de suas decisões. Na minha nova doutrina, a Doutrina dos Livres ou Libertarismo, a liberdade nasce da consciência de que a escolha em servir é a única forma de romper esse *samsāra* de reencarnações entre dominador e dominado. A única via de libertação dessa metempsicose constante e infinita que transforma dominados em dominadores e dominadores em dominados. Todos estão o tempo todo vendendo tempo e energia para adquirir liberdade. Todos estão o tempo todo matando seus tempos individuais, em nome de um tempo abstrato ou de um tempo coletivo, para adquirir de novo tempo individual. E todos estão o tempo todo comprando liberdade alheia para obter as suas liberdades. Isso quer dizer simplesmente que as liberdades dos dominados e as liberdades dos dominadores se anulam mutuamente. Isso quer dizer que os tempos ganhos em proveito de si e os tempos perdidos em nome dos outros e do bem comum se anulam mutuamente. São todos jogos de soma zero. Disso decorre a infelicidade, uma humanidade enferma desde o berço, repleta de uma miríade de patologias que nem sequer conseguimos mais classificar. Disso decorre que a narrativa da odisseia humana se assemelhe a uma hesitação, com passos para frente e passos para trás, evolução material e retrocesso espiritual, novas conquistas e novos problemas consequentes dessas novas conquistas, em um voo que se assemelha ao do gavião, mas que, no fundo, descreve o dos avestruzes e albatrozes. Um movimento que se expande e se retrai eternamente ao ponto de partida, em um amor de suicida.

Os homens livres serão aqueles que tomarão consciência dessa situação e desse dilema. Hão de captar a urgência dessa revolução. Desde a sua emergência a partir dos primatas superiores, há dois milhões e meio de anos, os humanos se dividem em duas grandes tribos: os dominados e os dominadores. O ardil dessa separação é o seguinte: temos a impressão superficial de que os primeiros estão em desvantagem sobre os segundos. Mas na verdade ocorre o oposto. Enquanto os primeiros renunciaram ao carma circular da dominação e por isso estão livres, os segundos continuarão presos à necessidade de dominar os primeiros. Apenas à medida que projetam sua condição de dominados para fora de si mesmos e a espelham naqueles que dominam, apenas dessa maneira conseguem imaginar-se livres, sem perceber que sua liberdade é uma das mais profundas e aterradoras ilusões da existência. Em termos práticos, a Doutrina dos Livres consiste em abdicar radicalmente da liberdade de si, essa consumada idiotia que cegou os humanos por milhões de anos. E consiste em doar nossa liberdade e nossa vida para outros que a exerçam e cuidem delas por nós. Apenas assim conseguiremos quebrar de uma vez por todas o ciclo de parasitismo entre dominadores e dominados. A grande divisão não será mais entre dominados e dominadores. Será entre livres e prisioneiros. Apenas a partir desse novo patamar do poder apresentado pelo Libertarismo conseguiremos superar as engrenagens e artimanhas do medo e da moral. Apenas assim conseguiremos dividir a humanidade em dois: aqueles que imaginam dominar quando na verdade são dominados e aqueles que fingem se deixar dominar quando na verdade superaram, como faquires flutuando sobre um corredor de brasas, todas as masmorras onde dominados e dominadores continuam prisioneiros uns dos outros e de si mesmos. Depois de todas essas reflexões confusas na penumbra, os olhos fixos e vidrados nas ranhuras da parede, como há bilhões de anos os olhos daquele primeiro anfíbio se fixaram na primeira experiência da luz vivida por um ser vivo; depois de todas essas considerações racionais, tateei os resquícios de treva da madrugada dentro de meu quarto. Uma convicção estremeceu todo meu corpo. A ideia se fez carne. O libertarismo me tomou por inteiro. Amadureceu em meus pensamentos e em cada tecido de meus órgãos. Passei semanas, talvez meses, vagando pelos cômodos, em completo êxtase. Dezenas bateram à minha porta; centenas tocaram repetidas vezes a campainha. Assim permaneci.

Vivi meses como vegetal dentro de casa; as samambaias e as orquídeas do meu quintal, decaídas e quase mortas por falta de água e cuidado, eram mais vitais do que eu. As formigas se foram. Por quê? Depois que essa ideia se consolidou em minha mente e em meu espírito, como eu a descrevi, abri o computador. Em algumas horas de trabalho furioso criei uma página pessoal onde ofereço o único serviço a que proponho me dedicar de hoje ao fim de minha vida: vender-me. Este texto é a carta de intenções desse novo negócio. A fundamentação sapiencial e a doutrina dessa nova humanidade que vejo despontar no horizonte do futuro, inspirada em meu exemplo e em minhas ideias. Apenas despertei desse torpor quando, depois desses meses de confinamento, finalmente burilei as linhas finais deste texto, acessei a internet e o publiquei. Em cima, uma foto antiga, em uma de minhas viagens para a Índia. Ao lado, minhas informações, meus contatos e meu preço.

Retorno

> O conhecimento nascerá em nós do fundo
> de nossa humilde extinção.
>
> Hermann Broch, *A morte de Virgílio*

Inimigo Oculto

São cacos pré-colombianos. Precisamos limpar a área para desenterrar o resto. E prossegue com uma dissertação sobre as condições específicas daquele sítio. O lavrador e sua mulher observam aquele rosto robusto; esmiúçam o movimento dos lábios sem compreender bem as relações entre os gestos, o sentido e a língua que se pronuncia e se recolhe, sucessivas vezes; as palavras se fundem em sons e repercutem em blocos de imagens; vez ou outra aqueles ruídos em forma de murmúrio compõem um quadro de sensações articuladas e logo em seguida submergem de novo em uma massa de sons e grunhidos sobrepostos uns aos outros. Mas e a nossa casa? O jovem lamenta com gestos brandos, hesita e some na escuridão insinuante atrás dos montes como um véu. Mais pra cima! Os tratores levantam as bocas cheias de terra e placas de cal; despejam o material do entulho nos arredores do casebre; compõem uma vala; povoam as crateras e se multiplicam, ilhas de metal incrustadas no recôncavo. O homem anda vagaroso entre os operários que se movem velozes de um lado para outro; põe-se de cócoras perto de uma árvore; observa os aventais brancos ao vento enquanto tritura nas mãos um naco de terra vermelha que escorre entre seus dedos feito areia fina. Ao longe cavalos trinam, as patas na lama enrijecida; puxam os arados e somem sob a pátina em ruínas de casas amarelas e azuis. Agora são esses, os ditos que vêm me enfeitiçar e carregar minha vida. Sempre tem alguém brincando com a gente, e por trás de tudo talvez Deus deva brincar com todo mundo. A esposa vem com o vento a distância; os vestidos esvoaçam; olhos apertados pelas nuvens densas de fuligem vermelha, flutua como um tecido rasgado ao ar. Diz três palavras e carrega o marido atrás de si. Alguns latidos enquanto o sol à força mingua querendo durar um pouco mais no horizonte. Manchas de amarelo-sangue e de tristeza riscam a faca azul do oeste.

    Preciso fazer um reparo nisso, bate com as mãos grossas nos batentes do umbral e pisa no pórtico da cozinha, os ferrolhos doentes e os degraus rancorosos deixam escapar alguns gemidos. Não precisa de mais nada. Agora não precisa de mais nada, ela dobra a quina da parede em direção ao quarto. Pelos cacos de vidro da janelinha lateral, ele fita em silêncio os homens que tomam nota e à beira da vala recolhem objetos sem forma em pequenos odres de cores diferentes. É isso que eles querem? Não sabem direito para que querem? Ninguém consegue me explicar o porquê das coisas? O porquê de seu mistério ou de sua razão? Vai à pia e envolve carinhosamente a gamela de barro; as mãos se espalmam e deslizam por toda sua superfície e, em seguida, entornam a água até a boca de uma caneca. Ninguém sabe de nós, aqui. Os homens do governo vêm e fazem as suas coisas. Mas nem sempre a correção é a justiça. Quem nessa legião de demônios nos ouvirá se a gente gritar? Os advogados da cidade vão vir atrás da nossa voz. Quando chegar o momento, vão dizer que não estamos mesmo do lado da verdade. Eu sei. Assim são as coisas. Sempre é e foi assim. A escuridão cobre tudo. Apenas um lusco-fusco de insetos desponta na mata, forra toda a dimensão e se perde de vista. Aqui é o esquecimento. O onde ninguém conhece e ninguém sabe que existe. Nem na imaginação. Não, é mais que esquecimento. É um tipo de morte, isso. Tem muitos mortos debaixo dos meus pés agora. Debaixo desse assoalho. Sim, estar assim. Quieto. Mãos trançadas no joelho. Sentado nessa cadeira de fórmica, ombros retesados. Enxerga através da janela, acima do forno de lenha, aqueles fantasmas idiotas. Mexem-se como mosquitos brancos debaixo das luzes de mercúrio. Mariposas de estrume, buscam a morte com as antenas coladas nas lâmpadas de querosene. Esse tempo escoa, passa, aos poucos, lento. A gente sente sua passagem. Como uma lesma, ele se estica e se volta sobre si mesmo. Deixa um rastro de gosma nojenta. Assim tudo se faz e tudo vai existindo. Desde sempre. Para sempre. Assim. Passando, vagarosas, sempre passando. Para sempre. Coisas.

Os dias e as noites se esticam na memória e se retraem dentro da casa de onde os três não saem mais. Olham as rachaduras que crescem como trepadeiras e vestidos de noiva por todas as paredes. Enquanto isso, parece que foi ontem, esses sujeitos chegaram aqui com suas maletas. Quanto tempo faz? Todas as noites os vultos brancos circundam a casa e se misturam às roupas. O varal tremula os fantasmas de seus reflexos luminosos nos prismas quebrados da vidraça. Por todo lado a gente está cercado. Por todas as portas tem gente. Um idoso de óculos enfia a cara pela fresta da janela pedindo um copo d'água. Segura o arreio do cavalo que relincha enorme, a cabeça deformada nas contas de vidro que ainda restam, olha fixo os seus movimentos. Ele repete o velho ritual; satisfeito, o homem parte e limpa a boca com a manga da camisa sem dizer nada. Que horas são? Descerra as mãos dos joelhos e observo que se perdeu; todos estão dormindo; é madrugada. Apenas aquele jovem mensageiro observa circunspecto e cansado um caco que tremula sob a luz, à beira da vala. Vou me aproximando assim bem de manso e quando ele me percebe estou tão perto que suspendo seu corpo, enterro a lâmina que brilha a ponta do outro lado, as costas no respaldo do meu braço e a garganta presa dentro da minha mão esquerda. Sinto o calor escorrer nos meus dedos. Seguro-o assim, de manso, os pés sem tocar o chão, por um momento me encho de esplendor, era como se todo aquele silêncio da mata verde, e nós dois ali, era como se a gente fosse uma única vida, batendo com um só coração até a hora em que eu ouço o som fofo do seu corpo dentro do poço, e a chuva começa forte como sempre, enlameia tudo, lima as paredes de terra e o cobre com delicadeza, envolvendo o seu corpo parado até que enfim ele desaparece debaixo de um tapete vermelho e líquido. Fique com o eterno, meu filho. E ele tira sua mulher do sono e leva o filho no braço, enquanto a barraca de lona diminui atrás de seus passos; ao longo da estrada de terra batida, transforma-se em um ponto de névoa misturada à mata e finalmente some na mais completa escuridão que forra tudo e funde a terra e o firmamento.

Vida e Obra de Alonso Quijano

Fui soldado, perdi uma mão na batalha de Lepanto. Contornei as enseadas africanas e vivi a fatalidade de Scherazade. Adiei a morte com um mar de narrativas e inebriei a razão do sultão que me dava como recompensa mais um dia sobre essa terra. Vivi nas latrinas de Argel, entre urina e fezes, dividi cubículos com almas penadas às quais o Paraíso fora para sempre vedado. Chego enfim ao meio do caminho dessa vida. Não sei se vão cingir de louros os meus ossos esquecidos em um convento ou se uma corneta final deve anunciar em vão o meu valor para ouvidos moucos. Tudo é cinza calcinada e hipótese de luz sobre esta carne. A arte não é capaz de conter em si a floração que arrebenta em sempre-vivas. Minhas mãos inauguram a simetria de um mundo duplicado. Este não nos restitui com sua falsa eternidade nossos corpos de sombra dissolvidos pelo tempo. Serei a criatura de um mundo criado por mim mesmo. Louvarei vendas por palácios, tomarei elmos por bacias, asnos por alazões, rameiras por donzelas, duques por titereiros. E para Dulcineia encomendarei a minha alma, cioso de seu amor. Sei que a farsa premeditada dos encantadores quer minha agonia e minha morte. O importante é saber que na consciência de Deus o mundo gira a mecânica de suas peças e suas plumas. Nada nos garante onde termina o sonho e onde começa a vida. Assim serei o protagonista e o criador de tudo quanto existe ainda a ser criado. Palavras, palavras, palavras, vãs e ordinárias, tudo o que corre pelo sangue e salta das bocas dos papiros ganha forma, desde a conquista de Idumeia e a tomada de Larache. Palavras que saem sem parar de soldados, de eruditos, de sacerdotes, de cônegos e de escribas: todas são palavras e mais palavras e, em breve, não guardarão mais lastro algum com nenhum semblante vivo. Cide Hamete Benengeli é o meu duplo. Fixou meu percurso na sua singular caligrafia. Não sou Cervantes nem Quixote. Jamais existi. Saio do mundo e retorno ao mundo. Consegui o que queria. Pela escrita dos outros me transformei enfim em um velho livro. Assim meu corpo insepulto será imitado e eu retornarei à terra eternamente como mito.

O Peregrino

Comecei a nascer em uma beira de estrada, em uma dessas hospedagens baratas onde meus pais conseguiram achar um pouco de paz e algumas horas de amor. Protoplasma no ventre, migrei para Montes Alvos. Era então apenas uma simbiose de líquidos querendo constância e forma, mas ninguém negará: era vivo. Passaram-se nove meses de insucessos e um pouco de felicidade. Finalmente rebentei para a luz. Não foi pequeno o espanto de médicos e familiares quando perceberam que eu não era nada: só um contorno fugidio de membros ainda a serem descobertos, uma expectoração de manchas móveis, enfim, uma ameba do tamanho aproximado de um feto humano. Não imagino qual tenha sido a reação de todos diante de mim e ignoro as minhas primeiras palpitações vitais sobre a Terra. Sei apenas de uma coisa: quem me pôs em definitivo dentro da vida não foram as contrações de minha mãe, mas sim a insinuação assustada de dedos que desfraldaram aquela caixa de papelão. Assim levaram-me a uma das poucas e pobres portas de Cascalho Dourado. Foi nesses primeiros anos que a minha forma de esfera começou a ganhar alguns prolongamentos estranhos na sua parte inferior; não entendia o porquê daquela mutação. Em um espaço mínimo de tempo, não subia e descia rolando a escada principal da casa da minha aia, e sim engastava, uma após outra, aquelas duas aberrações da natureza que brotavam de mim como duas espátulas. Logo me conformei. Fazer o quê? O passar dos anos me fez perceber que estava sem querer imitando a anatomia dos meus familiares e que isso lhes dava prazer. Cada nova semelhança descoberta era, em si, motivo para reuniões e festas comemorativas. Sentia-me o centro das atenções.

A vida correu suave em Cascalho Dourado. Minha aia era uma mulher doce e brusca, de mãos grandes e um sorriso úmido. Às vezes parecia chorar quando ria, o que era curioso. Foi nessa vila que vim a conhecer pernas e descobri em minha carne o sentido da palavra *andar*, na acepção mais abrangente e técnica dessa palavra. Confesso que isso me frustrou; via homens e mulheres felizes porque andavam, e tantas imagens espirituais e poemas falando em caminho e em caminhar; mas a facilidade de andar os privara de se lembrarem da existência de suas pernas. Enquanto eu, quando rolava, isso era um fato, um acontecimento. Tomava-me por inteiro e me deixava agradecido aos deuses pelo meu corpo. Hoje ando; se não é das melhores experiências do mundo, pelo menos isso me dá a sensação de maior proximidade com os outros. E isso alimenta minha esperança de um dia ser como eles. A temporada naquela cidade durou pouco. Ganhei a estrada mal me brotou o décimo dedo do pé. Cruzei a região central do Brasil em boleias de caminhão, a pé e na garupa de trens de carga. Vi, se é que podemos chamar de visão as manchas difusas deste meu órgão em pleno, lento e ininterrupto florescimento, coisas belas e horríveis, todas igualmente importantes para a minha formação. No campo, após alguns anos de viagem, um amigo lavrador me deu de presente esse belo par de alicates que hoje me possibilitam a escrita. Nessa época, fixei residência em Florais, onde trabalhei na colheita de frutas e verduras. O ar puro dessa região foi prolongando minha cavidade facial até compor o nariz, finalizado com um espirro. Não sei se é certo aquele ditado, segundo o qual a ocasião faz o homem. E não saberia dizer se a minha forma ia mudando por uma necessidade de me adequar ao meio ou se eu trazia essas metamorfoses embutidas em mim, como uma boneca russa. A verdade é que a simbiose sempre me construiu de alguma maneira e nunca, em nenhum instante de minha vida breve, eu deixei de ser modelado pelas pessoas, seres, paisagens e coisas com as quais travei contato. A interação com o meio era tamanha que troquei de nome diversas vezes, assumindo o nome do meu principal interlocutor ou amigo de cada momento. Isso também gerou algumas dificuldades. Quando trabalhei no campo, na colheita e no pastoreio, meu corpo assumia algumas formas de pássaros, serpentes, cágados, touros, insetos, frutas e de alguns tipos de minerais e vegetais, águas e estratificações, rochas e sedimentos, flores e plantas. Vez ou outra sentia a extensão de um chifre, um casco abaulava minhas costas, uma enguia se destacava e se projetava de minha perna como uma cauda, penas e plumagens surgiam ao longo de toda minha pele, rumores de asas ganhavam espaços em minhas espáduas, as penas multicoloridas, quase prontas para alçar voo. Certa vez me cortei com o facão ao capinar o mato dos milharais e um lençol freático brotou incessante de meus dedos. Tecidos verdes e viscosos de seiva e clorofila saltaram quando ralei o joelho dando cambalhotas com as filhas do caseiro. Estratigramas de bauxita e de zircão polvilhavam meus dentes e coloriam a pia quando eu os escovava. Certa vez minhas costas se assemelharam a um pavão, tamanho o leque de minerais e vegetais que se mesclaram em mim depois de um dia inteiro de banho de rio. Enfim, não me ative muito a nenhum desses lugares, pessoas e profissões. Minha integridade exigia solidão e constante movimento. Algo sempre me dizia que era importante migrar, pois só assim poderia ficar a sós comigo mesmo. Saber quem sou e conhecer o mundo enquanto tal.

Até que algo inesperado cruzou meu caminho. E em Olho d'Água descobri o amor. Uma jovem de cabelos negros longos e uma saia girando até o tornozelo encantou-se com a minha estranheza. Como essas criaturas que cultivam um universo imaginário alheio às convenções e acabam divinizando os seus fantasmas, ela me tomou em um beco escuro e suspendeu meu corpo com um beijo. Os dedos longos acariciaram meu púbis com tanta força que, inexplicavelmente, brotou dele uma protuberância. O que senti foi bom, e desde então essa saliência recalcitra e revive sua exuberância quando me lembro dela. E assim foi minha vida. Delineava em meus traços os traços corriqueiros de homens, mulheres e crianças; absorvia partes específicas de cada ser que cruzava o meu caminho; tatuava em meu corpo os seus destinos; decalcava as suas angústias e virtudes; encarnava as suas vidas e os seus martírios. Cada aventura me dava uma nova forma; cada sensação me dava uma nova fisionomia; cada paisagem me dava uma nova substância; cada interlocutor me dava um novo nome; cada cidade me dava uma nova função; cada meio me dava novos elementos, e esses elementos se mesclavam e se dissipavam, se expandiam e se contraíam, se compunham e depois feneciam no horizonte multiforme e multicolorido de meu corpo em combustão. Como uma cera de estrutura fina ou uma argila surgida do Éden, todos os seres gravavam em mim suas iniciais e suas assinaturas. Uniam-se a mim, fossem eles vis ou sublimes ou imundos ou brilhantes ou puros.

Defini os cinco sentidos muito tarde. Lembro-me bem quando isso se deu. Numa tarde de inverno, sentei-me em um dos bancos da praça de Sensinóplis: as azaleias abriram-se par a par em corredores em simetria, semelhantes a jardins suspensos; o alecrim expeliu seu néctar; raios de sol tênues se refletiram em uma infinidade de prismas na cortina de gotas de um chafariz grego. Notei então que podia captar o espaço em todas suas dimensões; definia cada matiz de cor, cheiro, textura, ritmo, cadência, intensidade, volume e forma. Debrucei-me em suas águas e me vi finalmente humano, idêntico em cada expressão ao Apolo de mármore que pairava, incólume, sobre o calor da minha descoberta. Entristeci sem motivo aparente; uma parte do percurso estava completa. Os meus traços, pedestres e finos, vibravam no espelho d'água e davam uma maleabilidade à minha pele. Esta se desfazia e se recompunha, como se vivesse a nostalgia de um passado amorfo, no qual fui feliz e sozinho, mesmo quando povoado e habitado por todos os seres do universo. Um tempo em que os humanos ainda não haviam demarcado para sempre a minha inocência.

Muitos anos se passaram desde esse episódio. Tornei-me, enfim, um homem. Confesso sem petulância: ter me tornado um homem parece não ter acrescentado nada ao fato de estarmos vivos, sob este céu que testemunha, dia a dia, nossa miséria e que deve chover sobre nosso derradeiro suspiro. Hoje tudo que passei se reduz a cacos de sentido recolhidos pela viagem. Purifiquei-me do mundo e assim me empobreci. Eliminei de mim tudo o que me enformou, que me deu alento e me fez sobreviver sob o pacto de trevas que trama sob a terra o destino coletivo. Sei: não posso retroceder. Não posso mais adentrar e atravessar esse deserto de escombros e esse oásis de espelhos quebrados em meu coração. Não posso guardar gestos, esboços, sorrisos e paisagens na *tabula rasa* e nas molduras ilimitadas de meu corpo e de meu pensamento, pois não se pode recuperar o vivido em toda sua integridade, e sei que todo vivido me constitui e, ao mesmo tempo, me aniquila. Hoje tenho juízo e discernimento, razão, libido e vontade, todas as faculdades humanas. Estou finalmente pronto. Cheguei à última cidade? Não. Aguardo as novas formas que a vida me reserva, em sua infinita e loquaz metamorfose. O sol declina seus raios sobre minha cama. Observo o horizonte pela janela semiaberta e fecho meus olhos pela última vez.

Revelação

O discípulo se aproxima. O mestre o olha friamente. Pergunta qual a razão de estarmos vivos, sob a forma atual. O mestre não diz nada. E disso o discípulo infere que a questão foi mal formulada. Talvez traga uma contradição nos termos. Volta-se e indaga qual a essência da vida, a lei que rege todos os seres do universo. Sem desviar os olhos dos seus, o mestre toma um punhado de areia. Deixa-o volatizar entre os dedos. O discípulo compreende aquele sinal. Mantém-se um longo tempo em silêncio. Olha para si mesmo, o manto escarlate vedando o sexo, o peito nu. Arrisca mais um silogismo. Pergunta o que há de mais falso no mundo, pois a questão oposta seria demasiado complexa e redundante. O mestre aponta um espelho onde as imagens de ambos se multiplicam e se sobrepõem. O discípulo se levanta; sai. Depois de alguns dias seu corpo foi encontrado em um lago das imediações, intumescido, em princípio de decomposição. O corpo estava cheio de larvas e, em uma das mãos, fechada com a tenacidade de um alicate, um punhado de areia.

Face a Face

À beira da morte, o escritor teve uma visão Dele. E Ele lhe confiou duas alternativas: ele poderia morrer definitivamente ou viver para sempre. Tudo dependeria de sua escolha. O escritor ficou consternado e, obviamente, queria, a qualquer custo, viver para sempre. A mera ideia da morte lhe dava ojeriza. O vazio se mesclava à repugnância. A repugnância cavava em seu peito as regiões abissais do absurdo. Lavravam em sua alma os campos ilimitados do sono e do nada. Então Ele disse: tudo dependerá da sua escolha. O escritor assentiu. Então Ele lhe perguntou: quem ou o quê você quer que eu traga nos seus minutos derradeiros de vida? O homem pensou feroz e religiosamente nos livros que lera. Nos livros que escrevera. Nos livros que amara, com tanta intensidade. Depois lhe vieram à mente os bens que conquistara com tanto esforço. Todas as mulheres que amou. Todas as paixões. Todos os seus parentes, amigos, colegas, vizinhos. Já formava uma imagem magnânima de todos esses objetos, seres e pessoas dispostos de modo circular e alegre em seu leito de morte. Eis que, de súbito, em um lampejo, essa imagem se desfez. Humilhado e reticente, o escritor implorou para que Ele lhe trouxesse seu cachorro. Um vira-lata velho, sujo e cheio de carrapatos. As manchas roxas de permanganato salpicadas pelas pelancas e pelos sazonais, o corpo coberto de feridas e brotoejas. E esperou a sentença divina. Haveria de ser lançado nos poços absolutos do esquecimento? Arremessado nas crateras infinitas do inferno? Esquecido nos rios repetitivos e circulares da morte? Como poderia ter feito uma escolha dessas? Meditava. Abriu os olhos: estava vivo. Transfigurado.

O amigo pulava em seu colo, arfava quase sem ar, a língua espumando, as orelhas pensas ainda abanavam algumas moscas. Todas as pessoas, os seres e os objetos que amara em sua vida giravam ao seu redor, formando uma espiral, como havia imaginado. E enfim Ele se revelou e um sorriso se iluminou em sua grande face de Cão.

Assim

Os esboços fugidios do rosto se desenham em tons vermelhos. Líquido e sereno, ele parece fixar algum ponto distante. Os olhos não se abrem, mas as pálpebras descrevem a silhueta e graciosas rugas. Células de sonho e silêncio. Os tegumentos tenros se dobram sobre si. Em círculos concêntricos, a massa reticente se curva em um anel. Como os embriões dos cavalos-marinhos, recurva-se em um movimento pausado. As telas sinalizam os batimentos cardíacos. O pulso, em frequências pares e ímpares, sinaliza os ritmos da vida submersa. Bolhas gravitam em torno de suas esferas de intimidade sem depois. Uma Atlântida, ilha submersa no mais viscoso de minha carne. É assim que os girinos se movem nos aquários da memória. As tartarugas, peixes-palhaço, carpas povoam as costas de corais em meio aos raios de lua. A pele, ainda transparente, reflete os órgãos internos e espelha as minúsculas mãos fechadas como se tivessem barbatanas. Ilhas de sangue e sonho. Peixes se deslocam silenciosos pelos dorsos das espadas. A aurora boreal e o eclipse se aproximam das camadas de cores decompostas. Sim, lembro daquele Carnaval em Veneza. Os arlequins saltando, cambalhotas pra quem fizesse mais piruetas. Parece que foi ontem. Mas há anos não nos vemos. Onde ele está? Quem sabe continua pela Europa em uma interminável festa à fantasia. Era disso que ele gostava. Enfim. Agora sinto suas membranas como se tocassem minhas mãos. Seu corpo todo se retorce, em palpitações, lindos movimentos, uma coreografia. Sinto inteira. Cada fibra e cada músculo de seus desenhos mínimos, seus mínimos movimentos tocam meu tecido interior como um harmônico. Pulsação. Batidas.

O coração, meu deus, o coração. No peito, ainda transparente, ele se alterna e pulsa como uma pedra viva, minúscula, um olho divino, partes de um deus que povoa a vida em todos os seus hemisférios. Um deus ama o mundo e vive em cada uma de nossas células.

Ela continua absorta naquele olho de cristal. No fundo amniótico não vê apenas as formas e linhas simples crescendo em seu ventre. Vê uma respiração marcada por idas e vindas, aglomerados de líquidos dançam à sua frente em círculos de pura sincronia. Formas se transmutam em outras formas. Línguas beijam-se como raízes aéreas e se traduzem em outras linhas magnéticas de pura penetração. Moeras se multiplicam, cindem-se e se proliferam, dividem-se e ressuscitam renovadas nos sargaços. Seres se interpenetram, em um gozo amoroso de um tranquilo amor. Criaturas se traduzem em criaturas. O sol e a vinha. A lua e o crisântemo. Machos e fêmeas copulam e morrem felizes em rodopios de luz simples. Diafaneidade. Corpos móveis e pés ligeiros brincam nas brisas voláteis, nas pedras do arpoador. Vamos, pai. Pegue minha mão. Quero sentir os seus dedos calejados. Sei quando você me leva para os lados da arrebentação. E logo meus olhos vibram de alegria. Vai me mostrar os corais de muitas cores que se sedimentam sobre as pedras em forma de arco-íris. O peixe-balão. Os sargentinhos. Como uma piscina natural, você arregaça as calças, mergulha seus pés sorrindo, e o cardume líquido infinito o beija em adoração. Sim. Era disso que você gostava. Quando pressentia seus olhos farejando a costa pedregosa, eu sabia onde suas mãos tranquilas me levavam, pela areia. E eu era feliz. Agora os cardumes se desfazem. O arpoador some ao longe. Enguias deslizam pelo interior do sono. As gotas caem. Que horas são? Essa moça é boa. Gosto da sua mão roçando a minha. Pele suave de bebê. Será que é casada? Seus dentes baços parecem polidos pelas espumas do mar. Os círculos se desfazem contra a brisa. Cai a tarde. Meu pai recolhe a rede. Toma a cesta cheia de peixes-martelo, carapaus, caranhas. Enormes tentáculos marinhos se misturam, agarram-se, bailam uma coreografia improvisada. Posso ver refletidos nos seus olhos. Azuis. Posso ver. Anêmonas gigantes. Pacus, robalos, bagres. Águas-vivas majestosas espalham sua seiva luminosa e reluzem pirilampos no interior da noite submersa. Vaga-lumes marinhos, as algas liberam sua seiva vegetal. Seus olhos brilham azuis enquanto a noite pesa sobre o torso arcaico de Apolo. Os movimentos se desfazem, mas as ondas prosseguem. Perdem os contornos, singram fugidias, amam-se, copulam, fundem-se e retornam à sua face original. Fecundam-se em jorros seminais sob as águas turvas da noite e se acasalam nas crateras das zonas abissais, imunes à lua. Bolhas mudam e se multiplicam, desfazem-se e se reconfiguram. Feixes de imagens misturam-se e se decompõem. Árvores se abrem e se infiltram infinitas microscopias pelas veias e filigranas do ventre iluminado. Farfalham. Formam moinhos, cristais, algas, pedras, símbolos abstratos, gráceis em sua leveza. No interior do âmbar, o mundo se constela. Em círculo concêntrico, ele continua flutuando. Flutuando. Amorosamente.

Não dá pra descrever a sensação. A enfermeira verifica o sedativo. Toma a sua mão. Sorri. Eu era assim. Era isso. Todos nós. Ambas sorriem. Não se mexa. O soro está acabando. Logo você poderá voltar pra casa. O doutor está com seu marido. Os lábios da enfermeira se constrangem. Frisam-se. Ela não compreende. Desvia o olhar. Volta a encarar aquele círculo mágico. Sente cada ritmo ínfimo e cada micropulsação como se os músculos de seu coração se dilatassem. A enfermeira vira o rosto. Retira-se. Eu era assim, repete sozinha, diversas vezes, os olhos vazios fixos na tela flutuante.

Atlântida

Um azul-magenta carcome as bordas do horizonte enquanto o vento circula e, em precipitações lentas, derruba pétalas de papoula sobre um colo branco que sonha. Aves de metal expulsam o ouro das narinas e desalinham o tecido mineral da noite: amanhece. Chaminés trabalham as nuvens com seu bafejar monótono de cravo. Torres cingidas por argolas de cinamomo assoviam com a brisa, levam o cheiro do lótus e do asfódelo para o oeste. Mulheres desentranham tapetes de suas fiandeiras de prata. O chão reluz em uma constelação de cores: ônix, turquesa, quartzo, turmalina. Fúcsias, crisântemos, rododendros, magnólias, begônias, hortênsias e prímulas se agitam sob o vermelho-vítreo do céu de inverno. Dançam calicantos e íris. Clívias e aparinas se entrelaçam à gestação amarela do dia, que entra líquido e suave pelas cortinas do palácio.

— E tudo isso vai ruir um dia?, interpela o viajante.

— Não, responde o rei. Porque nada disso de fato existe. Somos a condição de possibilidade para que outros reinos e cidades possam vir a ser o que são. Eles sorvem em nós as suas formas, inspiram em nosso movimento o seu movimento. Somos a cidade que produz em si todas as cidades. Como o pássaro Sīmurğ produz, a partir de sua sombra, todos os pássaros da Terra, a sombra de nosso reino produz todos os reinos. Atlântida não é uma cidade perdida. Essa é uma lenda produzida para desviar a humanidade de nosso verdadeiro sentido. Também não é uma cidade. É a ideia que confere realidade a todas as cidades. Tampouco é um mundo. É a condição prévia para que todos os mundos existam e possam continuar a existir, ao longo dos infinitos tempos e espaços que coabitam a eternidade.

— Por que então tanta dor, pobreza e mal na Terra?

— Eu não disse para contarmos todas as cidades potencialmente? Por que seríamos alheios aos abutres e às aves de rapina? O que você vê é uma simulação. Mal o sol declina e tudo se reveste do seu avesso: o ouro se transforma em zinco, as fiandas em terra batida, ramos verdes em ramos tintos, este tapete de céspede se reduz a areia e o céu, esse veludo vivo, se extingue. As aves caem mortas à beira das estradas e os rostos dos homens se apagam como uma tocha dentro da noite. As rosáceas se fecham em luto e em todas as latitudes do campo só se contempla o cadáver de flores fatigadas. As crianças ressecam e estalam e os galhos se vergam ao peso do orvalho e do limo. Os fantasmas saem do subterrâneo, saqueiam as estrelas, derrubam as estátuas de nossos antepassados. Apagam as inscrições de nossas origens e eliminam os nossos mitos fundadores.

— Para que então o espetáculo?, indagou o viajante.

— Para que a Terra possa prosseguir girando. Para que todos continuem trabalhando a matéria imprecisa do futuro.

— Tudo como se fosse um sonho ininterrupto. Noite e dia se intercalam. E quando todos pensam viver de verdade, vivem os antípodas da realidade. E quando tudo acabar...

— Recombinamos os elementos da cena, arremata o rei.

— E o que vocês ganham com isso?

— Somos os produtores dos mundos possíveis. Somos a usina do real. Somos o laboratório do universo, engendrando novos horizontes para a vida. Para gerar o novo e todas as formas de vida diferentes, alguém precisa armazenar em si o conjunto das possibilidades, não é? Não existe nenhuma novidade que não seja uma recombinação de estruturas e elementos preexistentes. Não podemos erradicar os elementos e estruturas ruins. Eles constituem o âmago do universo, como o sol, os planetas, as pedras, todos os corpos celestes e terrestres.

— E a vida das formas fugazes? O império dos seres sencientes? E as folhas movidas pela rotação celeste? E as pálpebras de luz que desfazem as anáguas invisíveis das nuvens? E o sono que desliga as pétalas com seus dedos de vento? Como vocês controlam a existência de coisas tão sutis?

— Não existe controle. A ideia de um controlador repousa sobre a ilusão de um agente ordenador do universo, um Deus ou os deuses. As coisas se criam e se transformam, se compõem e se implicam, em um processo de coevolução que se desdobra por toda eternidade. Os mundanos acham que somos Deus ou deuses. Não somos nada disso. E não podemos fazer nada para curar essa distorção, pois Deus e os deuses fazem parte do jogo de espelhos.

— E quando tudo acabar?

— Nada nunca acaba. Tudo é para sempre. Não existe jamais. Tudo o que existiu deve existir sob outras formas, para sempre, em torvelinhos e recombinações.

— A originalidade é uma mentira.

— Talvez a maior de todas as mentiras de que se alimentou a mente humana.

Aos poucos o sol de cera se desfaz em um vermelho vivo. O rei e o viajante contemplam a mudança de ciclo dos mundos. E tudo desaparece sob minhas membranas animais quando meus olhos se fecham

MÅ

Dissidentes de uma etnia remota cujos rastros se dissipam na aurora da hominização, os må não se assemelham em nada aos povos que habitaram as margens do Nilo, nem a quaisquer outros do Oriente Próximo, das estepes da Eurásia, do Crescente Fértil ou do coração da África. Comecemos então a elencar as suas singularidades, que são muitas. O primeiro signo dessa diferença radical se encontra no próprio nome. O termo må é um termo provisório, criado não sem muito dissenso em uma das convenções mundiais de Antropologia da Universidade de Göttingen. O cerne da polêmica em torno do nome que designa esse povo se situa em uma das perspectivas curiosas desse mesmo povo: a língua. Alguns especialistas chegaram a provar que a língua dos må não possui recursividade. Desse modo, fura o esquema do universalismo inato da mente na disposição dos enunciados e das estruturas da linguagem. Desse modo, a linguagem dos må na verdade não se assemelha a nada do que concebemos como fonemas, morfemas, semantemas. Essa língua também desconhece o esquema universal de sujeito, verbo, predicado. Ignora solenemente a sintaxe, a semântica, a enunciação e a pragmática. Assemelha-se mais a um sopro sibilino e a um *continuum* ininterrupto cujas nuances e variações determinam as alterações sutis de sentido. Como eles nunca se autodefiniram, pois eles ignoram sumariamente o conceito de si mesmo, de unidade, de identidade e de grupo, e essas são apenas algumas das tantas dificuldades de estudá-los, coube a alguns acadêmicos a tarefa ingrata de traduzir uma das oscilações sonoras recorrentes na linguagem desse povo como sendo a referência que eles fariam a si mesmos. Em outras palavras, os mã nunca se referiram a si mesmos como mã. O mã não passa de uma tradução aproximada e bastante rudimentar de uma das escalas polifônicas dessas partituras de sopros que fundamentam a sua língua. Descrevê-los como mã é abusar então de uma descrição etnocêntrica, como costumam ser todas as descrições do Outro à medida que são parciais e o Outro, absoluto, inacessível. Utilizar o termo mã é, por sua vez, utilizar um conceito anacrônico, como o são todos os conceitos de todos os tempos, uns em relação aos outros, e todos os tempos internos a um mesmo tempo entre si. A cronologia é o anacronismo dos ignorantes.

Em termos de tecnologia, são inigualáveis. Não apenas porque eles a tenham fartamente desenvolvida e em constante evolução, vinte e quatro horas por dia. Simplesmente porque eles não a têm. À exceção do fogo e da roda, de alguns medicamentos e outros poucos paliativos para a dor, tudo o que não seja indispensável à manutenção de sua vida simples é não só desprezado, mas perseguido. Esse absoluto desinteresse pela tecnologia decorre de um fato simples: para os mã, o universo e a vida são entidades artificiais. A natureza é apenas um nome geral de uma máquina produtora do universo e de tudo o que existe. Todos os seres são artificiais, porque são frutos dessa grande arte da tecelã natureza, em suas fiandas eternas. A natureza é um manancial, uma usina de produção de objetos artificiais, dentre os quais o humano é um dos mais imperfeitos. Por quê? Todos os reinos vegetais, animais e minerais podem ser agrupados em gêneros, conforme a complexa taxonomia de gêneros desse povo, que não explanarei agora. No caso dos humanos, haveria tantas naturezas quanto humanos houvesse. Reza um provérbio mã que a entidade que criou o universo criou todos os seres do cosmos em comunicação uns com outros. Quando criou o humano, criou-o ao quebrar um espelho em mil e uma contas. Ao invés das velhas e aborrecidas mitologias de um casal hierogâmico inicial, colocado em um mundo edênico inicial, a cosmogonia mã imagina que, *in illo tempore*, no tempo imemorial da Origem, a humanidade veio ao mundo em uma forma de população: as mil e uma contas de espelho foram engolidas pela terra e dela brotaram mil e um humanos. Por isso, cada humano é radicalmente isolado dos demais humanos e do restante do universo. Cada humano na verdade habita um universo paralelo, um cosmo, uma natureza. E, à medida que a quantidade de humanos é finita, mas a qualidade de suas combinações e recombinações não o é, a quantidade e a qualidade de universos e de naturezas são virtualmente infinitas. Nesse sentido, quando um ser tenta imitar a natureza e gerar dados e objetos artificiais, eles são fulminados pelas engrenagens e roldanas do universo, triturados em seus mecanismos. Um homem desenvolveu um sistema de asas que lhe possibilitasse voar; foi visto cruzando os ares e desaparecendo. Depois souberam: ele tinha se transformado em uma grande avestruz. A transformação do homem em avestruz é uma dessas legalidades da natureza e do universo. Sabendo-se singular e habitando naturezas paralelas, se cada humano imitasse e multiplicasse a sua natureza seria um risco para o universo. Um colapso estaria iminente. Dessa multiplicação desordenada de naturezas e de mundos os mã acusam os homens brancos. Esse pode parecer um lado moralista desse povo. Há, contudo, uma estranha inteligência nesses temores: a vida no deserto lhes ensinou a respeitar os limites. E os levou a ter sempre a consciência de estarem nus no mundo. Um mísero adorno só pode ser conquistado em questão de milênios de trabalho e empenho. Não se trata, portanto, de uma negação da técnica em si. O que eles têm em mente é o seguinte: se a natureza é a grande artesã do universo, e se o universo é o produto final da tecnologia da natureza, para que o humano possa duplicar essa atividade precisa demonstrar a sua necessidade e o seu merecimento. Segundo eles, a partir dessas premissas os homens só voarão de fato dentro de milhares de anos, quando enfim terão asas, ou seja, quando a natureza tiver refinado as suas tecnologias de criação e de geração de humanos. Em virtude de todas essas questões, quando veem um avião cruzar o azul de brigadeiro, riem às lágrimas e ao desfalecimento; sabem que aquele voo é uma mentira; e acham graça de saber que tantas pessoas compartilhem, felizes, aquela mentira e, mais do que isso, chamem essa mentira de realidade.

Esse fato talvez tenha a ver com a concepção metafísica sublime desse povo, muito interessante. Não creem em Deus nem em deuses, não têm heróis nem mitos, não têm templos nem orações, não têm divindades nem energias. Acreditam em algo bem mais complexo. Para eles, há o que podemos traduzir muito mal em nossas línguas por *estado*. Trata-se de uma espécie de transcendência ultrarradical. Descreem da consciência individual, e aquilo que os filósofos chamam de imagem mental geraria náusea em todos eles. Ao passo que a simples hipótese de o mundo ser a representação sensível de um mundo suprassensível os faria corar de vergonha e definir o autor dessa crença como um homem doente ou imbecil. O fato de cada um de nós apreender o mundo de uma maneira distinta soa para eles como algo, em si, tedioso e sonífero. A premissa de que tudo existe nos sentidos e apenas como percepção e sensibilidade foi refutada por um mã há dezenas de séculos, com consenso completo. Dizer que a natureza é um espelho da linguagem é um dos temas preferidos de suas rodas de piadas ao luar, ao redor de uma fogueira. Eles desprezam o que nós chamamos de psicologia, de antropologia e de filosofia, porque todas essas ciências dependem de instâncias abstratas: a alma, a cultura, a razão. Todos esses saberes demandam uma substância, e no universo mã não existe em absoluto nenhuma substância. Ignoram inclusive o que nomeamos como o conjunto das ciências, humanas e naturais. Como não existe para os mã uma categoria correspondente a humano e como a natureza é uma soma infinita de estados que se articulam e se passam em uma multiplicidade infinita de mundos, seria ocioso designar qualquer coisa como humano ou como natural, e isso esboroa todo o castelo conceitual da totalidade das ciências, como as concebemos. Os seres são estados e compartilham o que os mã definem como *abismo*. O abismo é uma radical incomensurabilidade e irredutibilidade entre os diversos estados, por mais similares ou próximos que sejam. Por exemplo, se tomarmos duas pequenas folhas de uma mesma árvore e as analisarmos, nossa tendência é identificar as semelhanças estruturais e a morfologia comum entre elas. Por isso, pertencem a uma mesma árvore, que, por sua vez, pertence a uma mesma espécie, a um mesmo gênero, a um mesmo filo, a um mesmo reino. O movimento mental dos mã vai no sentido rigorosamente oposto. Não partem do singular em direção ao geral, mas do singular em direção ao infinito. Imaginam que cada uma dessas folhas de uma mesma árvore contém especificidades, granulações, fissuras e filigranas quase imperceptíveis. Essas unidades são decomponíveis em outras, não discretas, heterogêneas e distintas. Trata-se de um percurso em uma escala infinitesimal, de modo que nunca poderemos chegar a definir o ponto de chegada da decomposição e da descontinuidade dos seres. Desse modo, podemos dizer que *folha* e *árvore* são unidades passageiras de estados passageiros. O mundo é um emaranhado de estados. Mas todos os estados repousam sobre o abismo, que é infinito em todas as direções e dimensões. Essa irredutibilidade de cada ser em relação aos outros seres, e de cada estado em relação aos outros estados, bem como de todos os seres e estados entre si, por causa do abismo, produz algumas percepções bastante peculiares, para não dizer jocosas.

Sempre que um mã olha uma pessoa ou coisa não procura percebê-la como uma pessoa ou coisa presentes. Observa-as como ausências. Se dois mã estão conversando, há um pacto segundo o qual cada um só percebe o outro como uma encenação, como um tipo de holograma; ambos imaginam que o seu respectivo interlocutor, naquele exato momento, anda em círculos em um deserto sem lastro de ser vivo ou de gente. Essa é a maneira pela qual eles abandonaram há muito tempo as mitologias da consciência individual: veem tudo como um grande teatro de emanações e de ausências. Afinal, se todos os seres, coisas e pessoas podem ser subdivididas em pontos e corpos infinitos, as pessoas, coisas e seres são estados transicionais que acontecem e em seguida desaparecem. Mesmo em seu instante de acontecimento, não existem, pois são apenas estados e simulações das combinações celulares infinitas do abismo. Ao contrário do que se imagina, não sustentam essa concepção por desconfiarem da realidade ou por sustentarem outras crenças grosseiras, segundo as quais a realidade não existiria. Tampouco acreditam que o universo seria uma sombra evanescente de outra realidade verdadeira, como rezam certas teorias que lhes soam tolas, para não dizer cômicas. Fazem-no apenas para preservarem as coisas, seres e pessoas ilesas em seus estados, iluminadas em sua infinitização. A isso, eles chamam *coisa*. A coisa não é nem material nem imaterial. Não é o conjunto finito de seres materiais e objetos. A coisa inclui pessoas e animais, humanos e não humanos, todo o universo visível e invisível. A coisa é a maneira pela qual todos esses seres se manifestam e emergem do abismo infinito. Uma pedra sob o sol em um banco de areia só pode ser aquela pedra, sob aquele sol daquela fase do dia e sobre aquela areia, porque aquele foi o estado que agrupou, naquele espaço e naquele tempo, um acontecimento de pontos e corpos infinitamente subdivididos. Em seguida, passados alguns segundos, os pontos e corpos se constelam e formam outra unidade singular, embora, para o erro dos sentidos, pareçam ser a mesma pedra e a mesma areia. Imaginam que o mundo e as imagens são a própria carne do real. Essa carne infinitamente dividida é a coisa. Para nós, todas estas complexas nuances perder-se-iam, reduzidas a pobres conceitos como realidade, objetividade, imaginação, transcendentalismo, sujeito e representação.

Quanto às artes, talvez possamos dizer que eles não as têm. Ou melhor, devido a essa cosmologia e essa ontologia muito peculiares, eles não possuem a ideia de imitação da natureza, de mediação artificial ou de representação da realidade. A atividade mais próxima da nossa ideia de arte é a seguinte: às vezes se reúnem sentados e colocam um dos seus no centro da roda; olham-no sem conceber o seu estado emergente do abismo; regados a bebida e comida, suspendem o pacto da ausência. Nestas comemorações, gargalham até ao raiar do dia, a pessoa parada e em pé diante de todos como um Hércules embriagado, rindo junto com eles. Outra noção que podemos reputar ao rol das criações da arte é o jogo dos objetos. Elegem objetos a esmo para serem, durante tempo indeterminado, seus companheiros. Houve o caso de uma mulher que arrastou consigo um tronco de árvore durante duas semanas. Virou lenda o de um homem que dormiu com a sua sandália até o leito de morte. Uma criança chegou a se casar com um tatu, tamanha a aliança amorosa de toda sua vida com esse pequeno peripatídeo.

Outro aspecto notável dessa etnia é a sua concepção de tempo. Desconhecem o que entendemos por história. Uma das poucas ciências que possuem é algo semelhante ao que denominamos de história natural. Medem a vida a partir do que, para nós, equivaleria à eternidade, e para eles o nosso conceito de milênio se aproxima de algo equivalente a um suspiro. Não concebem o tempo como círculo, nem como espiral e muito menos como uma linha reta. Para eles o tempo simplesmente não existe. O mesmo ocorre com o conceito de espaço. Não têm quatro, cinco, dez ou cinquenta e sete dimensões. Simplesmente acreditam em um espaço que se subdivide exponencialmente ad *infinitum* e não pode existir como uma unidade. A cronologia e a topologia, o estudo da temporalidade e da espacialidade se resumem para os mã ao mesmo problema da pluralidade e da infinitude. Para quem concebe frações do fluxo e fragmentos de extensão como partes de uma unidade transcendental, o tempo e o espaço não apenas existem, como são mensuráveis. Pensar o tempo como *continuum* de instantes e o espaço como *continuum* da extensão material é algo possível apenas para quem nunca sequer questionou os problemas do conceito de continuidade, uma arbitrariedade à qual nos acomodamos e nos acostumamos, encostados em milênios e milênios de papéis velhos e de burocracia intelectual. Quanto aos mã, vivem entre o infinito e o eterno. Se cada instante é o fragmento subdividido em infinitos pontos, o instante mesmo não existe. Se cada ser extenso é infinitamente subdividido, tampouco existe como unidade. Se não existe a unidade da folha da árvore e não existe a unidade da areia onde a pedra repousa, tampouco existem as grandes unidades sobre as quais se ancoram essas unidades relativas: o tempo e o espaço. Para conceber o tempo, precisariam acreditar em algum tipo de repetição, qualquer que fosse. Mas, para eles, a convergência perfeita dos astros, aliada à simetria dos corpos no espaço, se dá apenas no decurso de alguns bilhões de anos e dura menos de um segundo. Isso os leva a desprezar essa entidade que nos acostumamos a aprisionar dentro de relógios, clepsidras e ampulhetas. Quanto ao espaço celeste, onde a constelação se desloca, e à Terra, onde movemos nossos corpos, estão dentro de um grão de areia, uma espécie de ovo que descansa tranquilo sobre o vazio. Assim, nunca conseguirão experimentar as noções de distância e proximidade; um homem a dois mil quilômetros está ao lado de quem está ao meu lado. A teoria da relatividade é um erro, nesse sentido. Ou pelo menos bastante parcial e facciosa. Não se trata de pensar o tempo-espaço como uma unidade relativa tendo em vista o observador e a velocidade da luz. Trata-se de conceber que todos os tempos e todos os espaços relativos entre si são ubíquos quando observados a partir do ovo. Sentem o correr das águas e o curso do sol e captam o curso de suas vidas dentro do infinito. Essa percepção dos estados que se sucedem emergindo do abismo é plena em si mesma e acaba por fazer ruir o conjunto e a totalidade do que chamamos universo. A cosmologia mã, desde muitos séculos, parte do pressuposto de infinitos universos emaranhados e emergentes do abismo. O abismo não unifica essa pluralidade de mundos e universos: multiplica-a de modo indefinido, como uma usina de infinitização. A alimentação mã se baseia em líquidos de diversas naturezas, ervas, frutos e um único animal, um cervo. Este, por estranho que pareça, vem uma época do ano em bando e se oferece em bando para o abate.

Seu regime de governo não é a anarquia, pois essa pressupõe o seu oposto, algum tipo de hierarquia, palavra que nunca constou em nenhuma de suas paisagens mentais e jamais foi registrada na gramática inata de sua língua. Vivem uma anarquia em estado puro, sem nunca terem pensado no assunto. Não têm letras e nem escrita; não poderiam conceber algo que registre e signifique um ser ausente, pois todos eles vivem em estado de ausência. Não se interessam por deixar registro de nada. Para a metafísica da temporalidade dos mã, a sucessão dos instantes aniquila a unidade de cada instante e todos os instantes entre si, bem como inviabiliza a existência de um *continuum* que encadeie todos os instantes em uma linha abstrata a que possamos chamar de *tempo*. Em virtude disso, acham tolo alguém reviver o que tenha ocorrido anteriormente se o instante em que esse fato ocorreu se reduziu a nada. Possuem a mesma peculiaridade no tocante à geografia, à cartografia e à posicionalidade. Não possuem mapas ou cartas de orientação; não nomeiam seus hábitats e suas cidades, suas terras e seus vilarejos. Gozam de apenas um recurso de espacialização: uma geografia celeste. A partir de uma varredura da poeira estelar produzida pela intensidade dos corpos astrais nos momentos do ano em que o céu se mostra em sua pura transparência, compõem uma linguagem de manchas, signos, gestos e intensidades. Decalcam essas pequenas ranhuras e rizomas celestiais em desenhos sobre seus corpos, nos genitais das crianças nuas, no teto das casas, no interior de círculos de giz inscritos nos centros das aldeias, durante os festivais do equinócio solar. A partir desses grafismos, conseguem se orientar ao longo do ano para onde quer que viajem.

Isso ocorre porque essa cartografia celeste é deduzida a partir da cosmologia mã, que merece um pouco de atenção. Acreditam que o universo é infinito em todas as direções e em todos os seus pontos, inclusive, e acima de tudo, dentro das dimensões que aos nossos sentidos parecem incontestavelmente finitas e tangentes. A razão disso é simples. A imagem de que se valem para descrever o universo é a de um tecido cuja costura, interna e oculta sob a face exterior, retornasse à superfície sem perder o contato e a aderência com as tramas subjacentes que estão implicadas nos bilhões de articulações subterrâneas. Esse universo emaranhado também possui a topologia de uma circunferência imperfeita, um misto de elipse, círculo e espiral. Cada ponto matemático desse universo mantém com os demais pontos uma relação de absolta ubiquidade. Desse modo, todos os pontos transformam cada ponto em um centro virtual do todo e conduzem a circunferência a se expandir e a se dilatar, em uma razão exponencial *ad infinitum*. À medida que as bordas do universo sempre serão centros de novas periferias, e as periferias sempre serão centros de emanações e horizontes de eventos de novos universos implicados em cada um desses centros virtuais, não se pode mensurar nem o começo nem o fim do universo. Não há topologia nem cronologia. Apenas dimensões infinitas imanentes a um mesmo universo e, acima de tudo, infinitos universos, implicados uns nos outros, como espumas do mar. Esses universos e mundos infinitos atravessam um mesmo universo e um mesmo mundo, em uma sobreposição de planos de existência. Em outras palavras: um cosmos emaranhado e em palimpsesto. O que chamamos de universo é apenas uma tênue e microbolha de um vasto oceano de espuma e consciência, um enclave e um entroncamento de multidões de mundos e universos que se interseccionam, em uma quantidade virtualmente infinita de variantes e vetores. Quanto à sexualidade dos mã, ainda falta muito a ser estudado. O que se sabe por ora é que eles conccbcm treze gêneros, dentre os quais masculino, feminino, neutro, andrógino, proteico, passageiro, comum, multiforme e sem-fim. Esta categoria em certo sentido implica os treze gêneros estabelecidos e os embaralha, chegando a uma variação de proporcionalidade bastante rica e interessante. Contudo, percebo que fui tomado de assalto pelo entusiasmo. Falei dos mã no presente e peço desculpas por isso. Há alguns anos o exército de um país vizinho passou pelo deserto e dizimou os representantes finais desse povo. O general fez um discurso alegando o imperativo do progresso, a urgência do bem comum e a marcha da modernidade. Os mâ não existem mais. Arrojados definitivamente para o estado que realiza em si as combinações infinitas de todos os estados, abduzidos do holograma do universo, depostos da encenação da vida, habitam agora alguma dimensão nos interstícios das flutuações indefinidas da Coisa. O mais curioso, entretanto, é que sua extinção pode ser vista como um dos mais ferozes, eficazes e alegres atos de vingança, ainda que eles não tenham como, e não possam, fazer nada a seus inimigos. Isso porque, onde quer que eles estejam, para eles com certeza fomos nós que morremos ao promovermos a sua extinção.

Uma República

Observando assim, sem qualquer pretensão, esse conglomerado nos seios da selva, somos induzidos a supor que talvez em poucas partes do mundo haja tanta probidade e se valorize tanto a concorrência de cada um dos seus personagens para a paz universal. Tudo é repartido com justeza e os bens materiais são sempre vistos sob a ótica dos mais necessitados; ama-se o trabalho como a um deus amado por alguma força natural; o todo se harmoniza a cada uma das partes, erige uma arquitetura bem distribuída, alicerça o conjunto de árvores ligadas por cipós e estruturas vegetais. A felicidade terrestre e o frescor das relações entre cada entidade e entre cada ser singulares deveriam ser uma plataforma para a geração de mais e mais prosperidade coletiva — esse é o desiderato. O rei administra o bando do alto de sua cúpula, escarafunchada no oco de um velho carvalho e emite ordens de trabalho aos seus pares; com uma eficácia impressionante, as informações são levadas aos subalternos e a ramificação infinita de mediadores faz as palavras circularem e as transforma em ato. O alimento chega em filas frenéticas o dia inteiro; outros se despem de seus fardos nos lombos e encetam uma nova trilha até os arrabaldes, em busca de mais especiarias e de novos manjares; alguns mecanismos à base de folhas secas e de galhos esturricados acionam gangorras, aliviam o peso dos seus ombros e elevam os despojos em direção a um grande reservatório; um tenro aqueduto irriga os quatro cantos desse reino e distribui seu néctar, dando prioridade para as regiões mais áridas. O giro melífluo de alguns operários deixa um espaço em aberto, imediatamente ocupado pela tropa responsável pela guarda civil, cheia de lanças de peroba e aljavas de bambu, enquanto a outros cabe destrinchar as folhas e os frutos minúsculos, e assim fremem felizes em seus postos no momento mesmo em que os caçadores saem em tropa. Se a perfeição existe, como rezam os ditadores e os ditados, temos a impressão contumaz: estamos diante dela.

Entretanto, se aproximarmos mais a nossa lupa e esmiuçarmos o funcionamento dessa engrenagem de perto, alguns fatos acabam tomando uma assombrosa nitidez. Olhemos um pouco para a região central, a cúpula das árvores entroncadas, onde mora o poder. Qualquer pessoa com o mínimo de tino para o fenótipo dos macacos perceberá apenas uma espécie que centraliza todas as relações. Ela se caracteriza por um pequeno furúnculo no traseiro, fruto de uma incisão de nascença ou de informações genéticas, não se sabe. Os especialistas discordam quanto à origem dessa escandescência. Alguns dizem tratar-se de uma distinção social, forjada a partir de um meio de vida mais sedentário, e os macacos portadores dessa bolha sentenciosa a teriam conquistado em decorrência da vida nas planícies, nas quais sempre há quem lhes traga alimento, e tornaram-se por isso pouco amigos da vida nômade e do trabalho. Outros sustentam a hipótese de uma marca expressiva de descendência: quem recebe a nobreza da linhagem também gozará dos artifícios e préstimos do poder. E há uma terceira interpretação: daqueles que simplesmente desconsideram a pobre pústula. Ignoram também o fedor a ungir as partes pudicas de seus portadores por meio de uma excreção líquida semelhante às fezes e, segundo alguns, extremamente peçonhenta. Alegam que não há relação alguma entre o fato desses macacos serem portadores desse miasma congênito e o posto que ocupam na hierarquia dos macacos. Se dissermos que todas essas interpretações são válidas, ainda assim estaremos diante de um problema sem solução: todos os poderosos, nessa sociedade, têm uma flor que todos os dias expulsa o pus em direção ao sol, sem qualquer timidez. Se ela foi criada pela condição social ou se foi esta mesma condição que a gerou, não importa. Não nos interessa nenhuma das duas hipóteses para a nossa história. Queremos apenas descrever essa população e dormir em paz, embora isso não desautorize ou obste as especulações, que persistem e persistirão para além de nós.

Embora haja esse debate árduo entre os estudiosos, qualquer leigo nota a aparência homogênea dos poderosos. E infere a sua existência graças a regras bastante claras de preservação: não se admite, por exemplo, incursão de nenhum outro peludo que não traga em seus assentos esse carimbo biológico, o que nos leva a pensar que eles se reproduzem entre si e somente entre si, infensos a quaisquer agentes externos. A não ser os outros poderosos de outros reinos de macacos, claro, que, curiosamente, também trazem a inscrição azul nos fundilhos. Agora, direcionando nosso olhar para outras paragens, vejamos um pouco da sua cultura, se é que podemos classificar assim o conjunto de práticas bastante primárias desses mamíferos. Em um de seus rincões podemos assistir a um torneio; alguns fincam pontas de pedras-pomes em uma peroba e esgarçam traços, rasgando a casca seca, enquanto outros franzem a areia com um feixe de gravetos e inscrevem círculos concêntricos em sua extensão. São duas facções, dizem os especialistas, duas escolas que não se misturam por nada. Só há dois grupos de artífices e de divertimentos entre esses seres: uns se dedicam à areia e outros às cascas e as lapidam. Toda a especulação nesse campo foi até hoje vã. Sabe-se que o vegetal dá maior consistência ao traço, deixa o seu produto final mais depurado, impessoal e reticente, mais cultivado em sua geometria, infenso às apropriações irracionais dos sentimentos. Já a areia sugere a fluidez, a falta de permanência e a intervenção do acaso. Mas ninguém ainda ousou arriscar uma resposta para esse dado. Uma coisa é certa: isso se deve a alguma motivação instintiva desses animais; eles obedecem cegamente às suas inclinações da mesma forma que o homem obedece às suas necessidades. Fazem-no litigando até as últimas consequências, pois sabemos de casos de rivalidade mortal entre os proponentes dessas duas naturezas de brincadeiras. Não há consenso e muito menos troca de personagens de uma a outra dessas práticas: aquele que milita em defesa dos exercícios com a areia seguirá seus companheiros de areia até o fim de seus dias, e nunca passará para o campo do adversário; da mesma maneira, o seu concorrente nunca abrirá mão dos seus nacos de casca, conquistados a tanto custo por suas investidas violentas e sucessivas contra o vegetal inocente. Podemos ver aí também um traço bastante característico dessa comunidade que desfavorece sua sabedoria natural. Caso não tivéssemos sequer indícios do que haveríamos de chamar de ideias, e se toda a sua atividade mental não tivesse nenhum ponto de contato com as articulações dos ratos ou golfinhos, com as emissões sonoras dos morcegos e dos elefantes e com as emanações de signos dos fungos e das centopeias, notaríamos desgostosos uma obviedade: simplesmente haveria a adesão a um ou outro grupo. E exige aprofundamento a reflexão. Amam apenas os seus iguais em invenção e conveniência? Pouco lhes importa o gênero de suas afinidades ou a validade de suas crenças? Ou haveria uma clara correspondência entre a divisão do trabalho e os signos e valores de cada grupo produzido por essa divisão? Mais uma vez pedimos perdão pelas palavras mal-empregadas, na ausência de outras melhores.

Um acontecimento curioso também instigou nossa razão em busca da verdade. Um certo dia, um dos subalternos, cuja função consistia em entornar uma cumbuca de água tomada de um vau e levá-la aonde seus irmãos esquentavam um grande caldeirão de frutas e pequenos bichos, recebeu a notícia milagrosa: dali em diante desempenharia outro papel. Passaria de recolhedor de água a administrador da culinária. Nada de mais. Se refletirmos, entre nós também é possível prosperar profissionalmente. A peculiaridade marcante desse processo está em uma mudança significativa de comportamento do felizardo: sob uma alteração repentina de ânimo, ele, que sempre se mantivera cabisbaixo e resignado ante qualquer insulto que sofresse de seus mandatários, passa a exaltar em sua feição e em seus gestos uma brutalidade que o desfigura dia a dia, e passa a congratular-se de quaisquer deslizes inescrupulosos de seus súditos com cacetadas de bastonete. A admoestação chega aos seus estertores com golpes de balde de madeira. Certa vez, um deles chegou a partir o crânio de seu irmão. Isso nos leva a elucidar que as relações de poder desse povoado, dessa horda insignificante perdida no globo terrestre, são imutáveis. Cada um exerce um papel dentro de uma regra fixa; os de baixo, mal sobem, passam a raciocinar em seus botões como os de cima. Essa descoberta alertou os pesquisadores e lhes insinuou uma brecha por onde puderam compreender esse povo com toda a clareza e toda a parcimônia franqueada pelos cuidados da inteligência. E o que eles viram de tão intrigante pelo buraco dessa loquaz e diminuta fechadura da natureza? Tentaremos ser breves e objetivos.

Um dia, a pretexto de um grande banquete comemorativo, diversos habitantes tomaram a sede política do reino. O lugar onde se guardam e se confiam os segredos da comunidade, a pobreza dos pobres e a riqueza dos ricos, a vaidade dos eruditos e a ignorância dos ignorantes. Em suma, nesse recinto de folhas e ervas entrelaçadas em espiral, com caramanchões vegetais e nenúfares de águas-vivas transidas em meio às redes de musgos dos lagos, edifica-se a composição de uma cúpula sob a qual se armazena o bem comum dos habitantes. No meio de uma estripulia regada a bebidas afrodisíacas extraídas de plantas aquáticas, em um confronto de corpos convulsos em gritos de alegria e prazer, passaram a trocar uns com os outros os pequenos adereços que cingiam suas cabeças. Ato contínuo, começaram a ostentar os órgãos sexuais e a embaralhar, paulatinamente, funções e personagens, gerando uma estranha contenda amorosa entre fêmeas e machos, entre dominados e dominantes. Ocorreu então algo que nós, em nosso vocabulário tão inescrupuloso quanto impotente, chamaríamos de orgia. Já foi provado cientificamente que essa é uma ocorrência comum entre eles, que corresponde a um rito de passagem. Em espaços contíguos, não muito longe dali, a poucos metros desse frenesi alucinado de pelos e beiços, vaginas e pênis, ânus e bocas em uma interpenetração selvagem, nossa lente se deslocou e formou um ângulo de noventa graus com a comemoração; ampliamos algumas centenas de vezes a resolução; focamos um grupo seleto. Ao som dos demais, eles se divertiam e, sorrateiramente, foram a uma espécie de celeiro; roubaram comida e objetos suficientes para a manutenção de todo o povo por um ano; sumiram no horizonte de clorofila, a imensa sacola de pano arrastada às costas. Esse episódio foi registrado por alguns de nossos pesquisadores que não se furtam à verdade quando esta os conclama. Ademais, temos as gravações. Mesmo assim, boa parte do sentido desse ritual e de seus funestos desdobramentos ainda carece de explicação.

Uma conclusão mais patente é que esse povoado não é capaz de fazer distinção entre o individual e o coletivo, e usam festas de máscaras e trocas de figurino como pretexto para exercer sua superfluidade. Por outro lado, basta alguma responsabilidade recair sobre um membro do grupo para se ter, como num passe de mágica, um tirano. Isso ocorreu quando da deposição de um rei fraco e da assunção de um pretendente rival; ele subjugou todos os seus compatriotas com mãos de ferro e fez expulsar dos limites do seu condado qualquer um que se desviasse de suas diretrizes ou que denegasse suas ordens. Assim os dias correm e, na maioria das vezes, voam nessa serena agremiação. Eles desconhecem outras culturas. E só não se orgulham disso porque estão ocupados demais satisfazendo o seu orgulho. Declinaram do convite de participar de uma confederação internacional, promovida por um imperador. Nossos amigos aduziram e depois deixaram claro: não lhes interessava nada que de alguma forma não dissesse respeito à sua cultura particular. Essa verdadeira adoração da irredutibilidade cultural foi alvo de muitos estudos, alguns bastante complexos. Tem-se em foco, sempre, compreender o porquê dessa atitude tão autocentrada, essa autofagia da linguagem. O cultivo do bando e das hordas foi de fato decisivo no processo de seleção natural das espécies. As trocas materiais e simbólicas e o questionamento da centralidade de uma espécie em relação às demais também o foram. Impossível defender a sobrevivência de espécies por meio do isolamento em relação às outras, a não ser mediante um isolamento interno, criador de enclaves e cesuras, diferenciações e limites, fronteiras e abstrações, escrita e linguagens, origens remotas de nossa noção remota de civilização e de hierarquia. Os sábios dessas populações descrevem suas leis como uma forma de assimilar o que outras culturas produzem, mas sempre se veem, a si mesmos, no espelho do universo, como a mancha refratária que se vale do outro apenas para potencializar a própria imagem. Não é necessário criar nenhum vínculo, segundo eles, nem fazer tábula rasa de sua cultura. Essa estratégia, em linhas gerais, é o veneno que produz a sua salvação, sem grande esforço. Situação atípica essa, a beirar a caricatura, se pensarmos que, dentre todas as comunidades de seres e animais, se conseguirmos inferir alguns poucos traços realmente distintivos seria uma revolução no próprio conceito de cultura. Ora eles se afirmam como síntese e suprassumo de todas as ordens de peludos que se acotovelam sobre a Terra, ora fazem dessa síntese a contrafação de todos os seus irmãos remotos, ostentando no pedestal de seu orgulho as características tíbias de sua hipotética exclusividade. Nosso reino não se importa muito com o diálogo e muito menos com a revisão de suas premissas, se é que seus membros as têm. Para eles, é algo totalmente desnecessário; um adereço e uma especulação sonífera contrastar ideias. Preferem gastar seu tempo com as suas festividades e acreditando piamente na imagem que fazem de si mesmos. Em suma, eles são sapos que preferem, como sapos, reinar em seu microbrejo a serem meros sapos diante do rei da saparia.

Vêm e vão sonâmbulos entre as árvores e as trepadeiras; andam de um lado para outro e cumprem seus ofícios da melhor forma, o que não quer dizer grande coisa. Essa é a base da sua sobrevivência. Uns atiram pedras em outros; pouco lhes interessa se poderiam ou não estar no lugar do alvejado. Alguns riem da estranheza de seus pares, julgando-se, eles mesmos, perfeitos e, quando uma coisa não vai bem, a culpa é sempre e invariavelmente da comunidade ou dos poderosos. Não sabem o limite entre o carinho e a infração, entre a posse e a apropriação, entre o comum e o privado, e passam seus dias e noites enfileirando divertimentos e pequenas transgressões para se livrarem do peso de ter que pensar no assunto. Entretanto, olhando assim, atentamente, e afastando um pouco mais a nossa lupa, conduzindo-a àquela distância que leva a ciência a se transformar em sabedoria, temos por fim uma impressão das mais certeiras: eles são, enfim, felizes. O que mais quererá uma criatura sobre a Terra? Que mais existe e importa, a não ser poder gozar o halo diáfano e esplendoroso da criação? Não seria essa a suprema verdade para todos os vivos que habitam a vida e preenchem com suas vidas-respiros a sucessão desordenada de instantes extintos? Existências se inscrevem efêmeras e não duram mais do que a pulsação de uma estrela. O que mais podemos querer além de nos extinguirmos com alegria? Essas perguntas são factuais e precisas, mesmo resvalando em derivações da poesia e em um desinteresse infantil. Para termos uma perspectiva mais fidedigna do problema, podemos dar mais alguns passos atrás. Suspendemos nosso pensamento; giramos nossa grande angular em espirais cada vez mais vastas para termos os elementos da cena cada vez mais diminutos, nos limites da desaparição. Eis que o povo atinge dimensões celulares: são pequenos pontos fracionados e multiplicados ao infinito, cujas manchas e nódoas denunciam apenas a aglomeração de partes amorfas e indistintas, não unidades discernidas pela nossa retina ou pela nossa mente. Observamos com frieza, e mesmo nessa proporção infinitamente pequena, logo a engenhoca à qual suas vidas andam atreladas retoma seu funcionamento perfeito, com cada parte agindo em prol de um todo coeso. Agora estamos no alto. Elevamo-nos lentamente sobre o pobre círculo de mata espessa onde essas populações justificam a sua existência e comemoram a sua estranha ordem. Em um átimo, estamos em uma perspectiva aérea, as nuvens meliantes deflagram novas configurações e espelham os sabres do sol com toda polidez. Não conseguimos mais sequer intuir sob aquela penumbra verde e esgarçada qualquer tipo de vida significativa, imersa no floema e nos fluxos dos rios, linhas tênues rasgam toda a extensão da floresta e embaralham suas cores entre o musgo forte e o anil. Depois de mais uma elevação, neste instante mal podemos supor que, sob aquele disco intumescido e mudo, azul como uma laranja, durmam e sonhem esses seres. Voltamos finalmente para casa com uma certeza: pesadas todas as circunstâncias, eles mal merecem o nosso nojo.

Em Busca do Verdadeiro Cristo

....

Sei que esse simples título deve ter ouriçado seu ânimo e cutucado a sua curiosidade de uma maneira bastante peculiar. Não quero que me reprove pela natureza ambiciosa antes de averiguar a pertinência dos fatos que arrolarei, trazidos à superfície como a multiplicidade de cores dos corais se oferece à razão quando o influxo da lua baixa a maré. É certo que não fui exatamente *eu* quem deu voz e corpo a estas questões, embora esse texto seja a descrição fiel de algo que vivi. Não me eximo de suas consequências. Entretanto, depois de uma análise cautelosa do material que desfilarei aos seus olhos, cabe a você julgar se não ajo com prudência ao supor esse exercício de imaginação como algo nascido menos da minha vontade do que de uma vontade alheia que me conduziu a tais conclusões.

Compulsando um velho opúsculo beneditino que, a partir de uma das tópicas das *Questões Discutidas Sobre a Verdade* [II, 4-5] de Tomás de Aquino, tratava da possibilidade de se pensar a Santíssima Trindade, excurso esse também magistralmente desenvolvido pelo aquinate em seus comentários ao *De Trinitate*, de Boécio, deparei com uma afirmação algo singular. Em um dado momento, o monge responsável pela edição do texto, e cujo nome desconhecemos, escreveu à margem: *Deus é Ninguém*. Não sei por que motivo me ative a esse escólio e sobre ele meditei durante algum tempo; perdi a concentração; vendo que os esforços para prosseguir o estudo fracassavam, resolvi voltar para casa e deixá-lo para outra ocasião. A frase martelava em minha cabeça. Conhecia uma ampla literatura mística sobre os famosos conceitos de *denudatio* e a *annihilatio*. Tinha ciência da noção de *Ungrund* (abismo sem fundamento) e da distinção entre Deus e a Deidade, aquela dimensão divina que o ultrapassa e que fora formulada, com enorme beleza e precisão, por Maester Eckhart. Já tinha me aplicado ao estudo da meontologia (estudo do não--ser), tanto na filosofia antiga quanto na escolástica, tanto nas tradições abraâmicas quanto nas religiões orientais. Também havia especulado, durante um longo tempo, sobre os sentidos suplementares do não-ser, que iam desde o apofatismo cristão de Pseudo-Dioniso Areopagita, de João Damasceno, de Fílon de Alexandria e de Orígenes, encontravam seu vértice em Escotus Eriúgena para, em seguida, desembocarem na modernidade, na cosmologia niilista de Nietzsche e na espiritualidade niilista de Nicolai Berdiaev e Leon Chestov. Sabia também da importância desempenhada pelo conceito de Nada na história do pensamento e das religiões, problema talvez tão aporético quanto o problema do mal, se não mais do que ele. Em resumo: a questão do nada e do não-ser não era nova para mim. Em especial, na sua matriz ocidental e cristã. Desde a narrativa bíblica, podemos fazer um longo desenvolvimento de sua pertinência. Se o homem foi criado à imagem e semelhança de Deus, é sinal de que mantém com Ele uma relação de contiguidade e de necessidade, como supõem São Boaventura no *Itinerarium mentis ad Deus* e Tomás de Aquino na *Summa*. Isso indica haver vestígios desse mesmo Deus em todas as esferas da Criação, e podemos conceber esses vestígios como cifras do divino no mundo. São as assinaturas das coisas (*signatura rerum*), fartamente descritas por Rábano Mauro no *De Universo* e por Isidoro de Sevilha em suas *Etimologias*, bem como por tantos tratados medievais e tantas metafísicas modernas. Toda a segunda escolástica vai retomar esse tema, concebendo o conjunto infinito dessas assinaturas de Deus no mundo como natureza-livro e de mundo-cifra. E essa concepção não é exclusiva da tradição crista. Sabemos que Îbn Ārabī define o mundo criado como a escritura de Deus gravada e apagada pelo cálamo divino. E em hebraico, *davar* designa tanto "palavra" quanto "coisa".

Por outro lado, apoiando-se na *Metafísica* de Aristóteles [Livro II, 1123b], Tomás de Aquino nos diz que há duas modalidades de participação da substância divina no mundo: por analogia e por identidade. Isso quer dizer que as relações estabelecidas entre criaturas e Deus podem ser tanto indiretas, por *analogia entis*, quanto diretas, por meio da identidade de substância existente entre a alma e Deus. A escritura-mundo acolhe em si nossas vidas, e todos os seres se inscrevem como signos flutuantes no papiro infinito do cosmos. Para que o livro da natureza se sustente em sua metamorfose ilimitada, precisa haver uma relação de codependência entre a esfera intramundana do universo e essa chancela doadora de sentido chamada Deus. Caso essa reciprocidade se rompa, toda e qualquer inteligibilidade mundana se tornaria inviável: o mundo deixaria de existir. Quando concebi que o autor do escólio que eu havia compulsado pudesse estar certo, o universo acabara de se extinguir sob meus olhos atônitos. Pois se Deus é a mais pura, absoluta e radical carência de ser e, paradoxalmente, necessita ser infinito, eterno e onipotente para continuar sendo Deus, então temos, em termos lógicos, uma infinitude, uma eternidade e uma onipotência do Nada. Ou seja, se podemos aduzir que ambos, Criador e criatura, carecem de essência, e sua estrutura última seria o vazio, a infinita reversibilidade entre ambos por conseguinte retiraria da totalidade do universo toda e qualquer substância, reduzindo-o a um palco vazio. E converter-nos-ia em sombras errantes animadas por quimeras. Simulacros, sombras errantes e simulações da suprema vacuidade eclipsada de Deus. Deus por sua vez não passaria de uma sombra entre sombras. A verdade não consiste em sair da caverna e subir rumo ao sol e à luz do puro intelecto divino.

A verdade seria uma catábase sem fim rumo às profundezas ainda inexploradas de uma caverna cujo fundo seria infinito.

Chego em casa; entro no quarto; deparo com minha imagem no espelho. À imagem e semelhança de Deus, penso. O raciocínio parece lógico: para Deus criar o mundo *ex nihilo*, Ele deveria ser algo. Se o princípio de anterioridade e de posterioridade é um princípio axial, um dos *logoi* e dos *arkhai* eternos irrefutáveis no conjunto das leis da *mathesis megiste* que ordenam os ensinamentos supremos, toda a determinação ontológica de ser e não-ser está subordinada logicamente à anterioridade e à posterioridade. Se todo estado anterior permanece vivo no estado que o sucede, toda realidade causada mantém em si a sua Causa. Todas as coisas apontam para a Coisa original. Isso significa que esse *ex nihilo*, esse Nada primordial se imiscui em todos os seres existentes e participa da substância de todos eles. Se há semelhança entre Criador e criatura, temos de aceitar a participação desse nada também na razão divina, o que torna a sua positividade absoluta e não contraditória logicamente impossível. Assim procedendo, vemos que, na cadeia de analogias e de semelhanças, o primeiro e o último termos de uma sucessão temporal não podem ser equívocos, mas apenas unívocos. Portanto, não há semelhança, mas identidade entre um e outro. E havendo identidade, pode-se afirmar que a realidade, em sua extensividade global e em sua última dimensão de contingência, não é apenas uma emanação hierarquizada de Deus. A realidade é Deus. Sendo assim, Ele deixa de existir enquanto Deus e passa a habitar aquela zona sombria e hesitante na qual o ser e o não-ser se embaralham. Eis que se fecha o círculo de Hermes. Pensando sob outra perspectiva, essa curiosa nadidade de Deus, essa nova concepção da equivalência e da infinita reversibilidade entre Deus e o Nada nos ajuda a compreender alguns pontos obscuros da doutrina e da dogmática cristãs. Só tendo em vista a negatividade de Deus no Nada podemos formular uma equação racional para a Trindade. A conjunção de três pessoas em uma só é possível porque Pai, o Filho e o Espírito Santo retêm em si a substância plástica e vazia de Deus. São, na verdade, Ninguém. São o Nada primordial do qual nasceu não apenas o humano, mas de onde emergiu todo o universo.

Se desde sempre a coexistência inextensiva de três pessoas em uma foi uma aporia do dogma e da ontologia cristãos, e deu ensejo a tantas invectivas, nessa nova perspectiva é absolutamente natural que cada pessoa seja ela mesma. E seja, também, simultaneamente, a outra e todas. Não havendo nem formal distinção e nem distinção de substância entre elas, pois as três se enraízam em última instância na origem *ex nihilo* soprada desde a eternidade, é o Nada poroso de Deus que as faz, ao mesmo tempo, ser o que são e o seu oposto, figura e contrafigura, positivo e negativo, ser e não-ser de Deus que se espelha nas águas infinitas de sua nadificação e assim se livra do martírio de ser pleno e da idolatria de si mesmo. É preciso ser impessoal para conter várias pessoas. Assim como é necessário ao barro ser amorfo para dar vida a várias formas. Duvidar de mim, da minha existência singular e intransferível é, sem dúvida, descrer de Deus como Criador. Mas não necessariamente descrer dele como emissário e mediador do Nada, nossa substância, nossa verdadeira pátria celestial. Se essa tese for verdadeira, pouco importa se Deus existe ou não existe. Em ambos os casos, a vida e o universo são inevitavelmente um infinito simulacro. Um holograma de camadas cujo âmago luminoso é o Nada, sendo Deus apenas a emanação mais enganosa do coração dessa verdade. Ésquilo e Schopenhauer tinham razão. Contudo, como ficariam, nessa nova hipótese, a contenção dos desejos como via positiva de suspensão provisória da *heimarmené* e como caminho para a salvação? Como lidar com um universo e um Deus permeados pela presença onisciente, ubíqua e unânime do Nada, desde as dimensões infinitesimais e subatômicos à escala estelar de trilhões de galáxias em expansão? Essa pergunta abalou todo meu ser. Mas me conduziu a outra, de alcance possivelmente menor, mas de consequências não menos desastrosas. Reduzindo-a ao ridículo, eu poderia formulá-la assim: diante disso, *quem* foi Jesus? De Filho de Deus a um fantasma entre fantasma: essa é a região pela qual os desdobramentos lógicos me conduziam, em um misto de estupefação, terror e vertigem. Porém, não podemos recuar diante de uma hipótese tão audaciosa. Se a formulamos, investiguemo-la. Seja para adorá-la como a um novo credo. Seja para descartá-la furiosamente. Analisemos alguns dados.

Flavio Josefo, principal historiador judeu da Antiguidade, na sua *História dos Hebreus*, não menciona o nome de Jesus nenhuma vez, senão em quatro linhas provavelmente interpoladas posteriormente por cristãos, pois seria curioso se, sabendo da sua importância, só lhe dedicasse essa pálida referência. As diatribes de Josefo com os historiadores egípcios Apion, Lisímaco e Cheremon, nas *Antiguidades Judaicas*, têm o intuito de dirimir quaisquer dúvidas sobre a história egípcia de seu povo. Mais do que isso: ele demonstra a antiguidade do monoteísmo hebreu. Para tanto, refuta todo e qualquer falso testemunho dos maliciosos sábios egípcios, que pretendiam ver nos judeus meros adoradores do deus fenício Adonai e do deus cananita Baal, antigo Enlil, deus babilônico das tempestades. Ou seja: Josefo exige veracidade para seus relatos. Quanto ao *Testimonium Flavianum*, que também trata de Jesus, foi provada sua falsidade. Seria impossível Josefo se referir ao avatar dos cristãos nos termos em que o faz. E a rubrica que Tácito nos dá de Jesus nos *Anais* só serve para agravar a sua condição de indigência histórica e empalidecer os seus traços. Circuncidado e batizado por João às margens do Jordão, Jesus cumpriu todos os preceitos de seu povo. Disse pouco, para não dizer quase nada, do que lhe atribuem. Nos *Atos dos Apóstolos* [Capítulo 19], Paulo perguntou a alguns em Éfeso: "Receberam o Espírito Santo?".

E estes lhe confessaram: "Nunca ouvimos falar em Espírito Santo". Paulo lhes disse: "Que batismo foi o vosso?". "O batismo de João", responderam. Só depois o Espírito Santo e o cristianismo, como o entendemos, foi criado pelos apologistas helenísticos que viveram em Alexandria no século VI. E a doutrina canônica foi expandida por meio das cartas paulinas, difusoras universais da figura do Cristo.

Há controvérsias quanto à genealogia de Jesus e também quanto ao fato de ter nascido de Maria. Mesmo assim, a crença se difundiu como tal. Logo após a sua morte, havia sete seitas entre os judeus: essênios, saduceus, fariseus, pelo visto muito próximos dos gimnosofistas e dos brâmanes da Índia pelo seu "amor cósmico e contemplativo", como nos atesta Fílon de Alexandria, judaístas, terapeutas, os discípulos de João e os de Jesus. Também há controvérsias em relação a uma ideia polêmica: seria Jesus o próprio Deus ou um instrumento divino? As opiniões se dividiram nos diversos concílios dos primeiros séculos da era cristã entre os conhecidos arianos e atanasianos. Os ortodoxos, sob a liderança de Atanásio e de Alexandre, bispo de Alexandria, interpretavam as palavras de Jesus como: "O meu Pai e eu somos a mesma coisa". Eusébio de Cesareia, bispo de Nicomédia, autor da *História Eclesiástica*, primeira obra a narrar a formação da Igreja, seguido do padre Ário e de mais dezessete bispos, inspirados em um passo de Paulo, acreditavam justamente no contrário: "O meu Pai é maior do que eu". Jesus era visto como a mais pura emanação do ser supremo, mas não equivalente ou equipolente em relação a esse sumo ser. Dessa celeuma nasceu uma definição dada por Alexandre a seus adversários: o anticristo.

Entre cristos e anticristos, se multiplicaram também os Evangelhos. E esse é um empecilho grave para a tentativa de se definir o que venha a ser [sem "a"] não só a doutrina cristã, mas a própria unicidade de seu portador e enviado. Há um protoevangelho atribuído a Jaime, irmão de Jesus por parte de pai. Há o *Evangelho da Infância,* de Tomás de Aquino, que descreve seus primeiros anos de vida, provável inspiração para Fernando Pessoa compor, sob o heterônomo de Alberto Caeiro, um poema sobre o tema. Há o *Evangelho* de Nicodemo, no qual se encontra o nome daqueles que o acusaram perante Pilatos. E há os heterogêneos e fantásticos evangelhos gnósticos. O próprio *Corpus Hermeticum,* bem como toda tradição do hermetismo que ressurge em todo seu esplendor na Renascença, deitam suas raízes na gnose e na alquimia. Esses textos postulam uma teologia monoteísta de base judaico-cristã, mas de origem egípcia. Estão no cerne do cristianismo culto e heterodoxo e de diversas heresias. No Apocalipse lê-se: "Vi um anjo a voar no meio do céu e levava o Evangelho Eterno" [Capítulo 17]. Como se sabe, a autoria desse livro é duvidosa. Não se sabe se foi escrito por João de Patmos. Entretanto não é outra a fonte de inspiração de Joachim De Fiore. A doutrina fioramita do Evangelho Eterno revoluciona a concepção de autoria, de espiritualidade e de divindade. O terceiro reinado de Cristo deve ocorrer na Terra não mais mediante a figura do Pai, concepção veterotestamentária, nem do Filho, concepção tradicional, mas sim como reino do Espírito Santo. Em outras palavras: o cristianismo deve se cumprir em toda sua plenitude no plano temporal terreno por meio de uma dissolução radical e completa da individualidade de Cristo. A parusia deve surgir da extinção do ser mediado humano presente e postulado como consubstancial ao humano Jesus. Apenas nessa dissolução eucarística, não só do seu corpo, mas da sua própria identidade, Cristo pode reinar. Apenas a partir da autoaniquilação de Cristo esse mesmo Cristo pode vir a se efetivar no mundo. Talvez a ideia complexa e abstrata do nosso monge beneditino, segundo a qual Deus é Ninguém, entre aqui em consonância com essas crenças fioramitas. Por sua vez, para Jung estas são a porta de entrada para a modernidade e o embrião do anti-Cristo. Na *Ciência Nova* [II, I, 1], apoiado no *De Rerum Humanorum et Divinorum* de Varrão, o gênio Vico nos diz que a origem do pensamento é poética, e, portanto, avessa à comprovação empírica. Essa tese se mostra verdadeira se formos falar de Abdias, cronista que viveu na região da Ásia Menor e escreveu, em hebraico, as vidas dos apóstolos, intercalando-as a fábulas absurdas, mescladas e deslocadas, de mitos pagãos, tais como os narram Plínio e Suetônio. Há uma grande probabilidade de estas fábulas terem entrado para a *Vulgata* de Jerônimo.

Diferentemente do que se conta, a perseguição aos cristãos não foi tão mordaz. Mediante os impostos, o Império Romano mitigava a perseguição às seitas e às celebrações de mistérios que proliferavam sob o seu domínio. Muitos adeptos de Platão se tornaram cristãos e os padres da Igreja primitiva eram todos eivados de platonismo. Como se lê em Orígenes [*Tratado Contra Celso*, Livro III], instrutor de Jerônimo e um dos homens mais sábios de seu tempo, conta-se nos dedos o número de cristãos mortos pela sua religião. E mesmo na *História Verdadeira* desse mesmo Celso, cognominado o platônico, que contém algumas das linhas mais virulentas e brutais escritas contra judeus e cristãos, vemos Cristo e seus séquitos em constante crescimento, próspero e influente. Isso nos conduz a uma pergunta cabal: por que Jesus, contra as expectativas, fora uma figura tão obscura? Por que uma das suas mais cuidadosas biografias, escrita pelo judeu David Flusser, tem que recorrer a tanta sorte de documentos indiretos e relíquias arqueológicas para nem mesmo assim dissipar a mínima nuvem da evidência? Diante da tolerância religiosa romana, Jesus não poderia ter tido uma repercussão mais clara e, portanto, menos ambivalente? A partir de um modelo hermenêutico providencialista, o padre Antonio Vieira via a história como uma preparação sucessiva de tipos para a vinda do protótipo e bem supremo Cristo. Abraão está mais próximo de David e David está mais próximo de Cristo, o que constitui, em si, uma evolução dos tempos, todos eles concorrendo para a vinda do Salvador. A perspectiva é centrada nas noções de figurações e prefigurações, bem ao gosto da segunda escolástica, mas que encontramos também em Dante. Se a veracidade histórica de Jesus não chega a ser duvidosa, isso era algo que se tinha como ponto pacífico por todos os exegetas bíblicos, arqueólogos, hermeneutas e pelos próprios religiosos.

Porém, um novo degrau dessa questão passou a me habitar, como uma farpa instalada em minha mente e em minha carne. E se, para além da inexistência histórica de Jesus, a sua própria unidade simbólica e espiritual se esvaísse, como em um sonho? E se o próprio Cristo, pregado na cruz, que tanto e tão ferozmente adorei ao longo de décadas, não fosse ele também um espectro? O fantasma de um Nada primordial que nos devora desde a origem em direção ao fim e à consumação de todos os mundos? Sendo assim, a história seria a sucessão monótona de figuras sem significado. E o mundo na verdade não terá um fim, pois em realidade o mundo jamais existiu. Toda mitologia do Juízo Final e da extinção do mundo transfigurado. Tudo isso significaria apenas e simplesmente que o mundo não vai acabar. O mundo acabou desde a origem. O mundo é uma entidade extinta desde a eternidade, pois nunca o universo conseguiu transcender as condições iniciais do Nada que o gerou. O universo seria a soma total de "cacos de barro entre outros cacos", conforme Isaías [45, 9]. E Cristo, nessa dinâmica, deixaria de ser um arquétipo e uma realidade tangível, de carne e osso. Passaria a ser a grande sombra que nos conduz ao abismo da crença naquilo que não existe: Deus. Deixaria de ser a realidade última. Transformar-se-ia na mais harmoniosa, verossímil e potente ilusão jamais criada pelos homens. Deus não é o antípoda do Nada. Deus seria a face iluminada do Nada. E, assim sendo, teria mergulhado a humanidade em um gigantesco torpor do qual apenas agora essa mesma humanidade ensaia despertar.

Diz um poeta grego: o tempo traz todas as coisas à luz. Parece-me justamente o contrário. O tempo deriva os sentidos; confere ambiguidade ao que era considerado fato; cria novas realidades; simula outras inexistentes; eflui significações e embaralha signos em uma cadeia *ad infinitum*, desde a origem e para sempre. Por isso James Joyce se refere à história como um pesadelo do qual deseja despertar. E Montaigne a transforma em um grande teatro de pantomimas, cuja narrativa é a imprecisão dos conceitos e a fragilidade humana. Quanto mais eu insistia nessas perguntas, mais e mais se aprofundava, em *loops* de recursividade, as infinitas possibilidades de um mesmo drama cósmico. E este não era feito de esclarecimento, mas da dissipação de Cristo, que no fundo só se mantém unido e apenas existe por meio do fio tênue, invisível e frágil de nossos corações. Chegou Cristo a existir? Essa foi a pergunta drástica que se instalou em minha alma. A consequência de uma resposta negativa seria dupla. Se Deus é apenas uma designação para o Nada, Deus é Ninguém. Se Deus é Ninguém, Cristo jamais existiu. E se Deus e sua emanação primeira são fantasmas, todos os signos inscritos no livro mudo da natureza perdem todo o sentido e a procedência. Isso transfigura a totalidade do universo e a totalidade dos entes mundanos e transmundanos em rumores e ecos de uma assinatura e de uma singularidade sem autoria. Portanto, nada há no cosmos que seja singular. Vivemos a roda eterna de holografias e reencarnações de figuras vazias, sem significado e sem nome, sem substância e sem essência, sem origem e sem destinação. Depois de uma exaustiva reflexão sobre o assunto, essa premissa deixou de me parecer absurda como o era no início. Se não me soava propriamente sábia, pois afinal não há sabedoria alguma em desconstruir um edifício e pulverizar os grãos de seus tijolos até a absoluta e irreversível extinção, pareceu-me pelo menos pertinente e até mesmo sensata. Abandonei a vida religiosa, o magistério e a teologia. Por isso, querido amigo, resolvi lhe escrever estas linhas hesitantes, oscilando entre o terror, a dúvida e a resignação. Elas são uma forma de justificativa para o meu gesto, que muitos tomaram como loucura ou como uma patologia qualquer. Depois de um processo de apagamento sistemático e cotidiano de minha identidade, mal me reconheço no espelho. Dizem que sou um criminoso. Sou procurado. Confesso que, quando se referem a mim, não sei a *quem* de fato se referem. Vivi vinte anos no deserto e outros tantos entre florestas e cidadelas vazias. Cheguei ao fim de minha jornada. Estas são minhas últimas palavras. Reconheça-se como meu confidente e como meu herdeiro. Amanhã estarei morto. Adeus.

Terra

O trem atravessa a estação sem parar e toma outro entroncamento. Movimentos em zigue-zague e solavancos trepidam ao som dos apitos distantes de metal. A paisagem também se move, onda prestes a saquear o céu. Caminho pelos vagões entupidos de gente, entre redes, chapéus, crianças, malas, animais. Talvez a algumas milhas dali o poente seja mais nítido do que a luz turva daquele sol que deságua no horizonte, por trás das janelas trincadas pelo ar. Ele lava, com sua luz suja e amarelada, os restos de uma festa do vilarejo antigo. Começa a tempestade. Anfíbios deslizam entre a terra e o espaço. Os guinchos dos porcos na próxima sala ecoam o violão, monótono em sua alegria. Alguma coisa ocorre em meio aos cheiros de óleo, diesel e amêndoa, as plantações destacadas das espigas e o moinho, as rodas velozes sobre os trilhos. Sinto o peso de minhas mãos pensas junto ao corpo enquanto me perco olhando os postes sucessivos; os riscos repetidos dos sons sibilinos me levam para aqueles montes tranquilos, feitos de verde, de suor e de morte. É a primeira viagem. Apenas plantações sem fim, entre o passado e o futuro. Pela janela vejo um pequeno carro rangendo seu motor com alegria. Meus pais riem. O afago de minha mãe sobre minha testa molhada, meu pai ao volante contornando o sol do meio-dia em uma estrada sem origem.

— Aonde vamos?

— Pro campo.

Silêncio.

O guarda enfiado em um boné parece devassar os sentidos ocultos em uma porta. Passo por ele; cruzo o espaço central dos vagões; vou aos últimos compartimentos quase vazios. Velhos pigarreiam entre cartas de baralho. Finalmente, estabeleço contato com um homem de olhos verdes profundos; a mulher sonâmbula envolve-se ainda mais em seu xale e em suas trouxas, esquivando-se; ele me investiga por trás dos fiapos brancos de barba.

— Você vai para o campo?

Surpreso, anuo. Não dou muita importância. Mas seus olhos vítreos têm algo além de curiosidade.

— Depois da sétima estação, desça na terra das torres.

Contorço a fisionomia de modo que nem preciso formular a pergunta.

— É a terra do homem.

Fingindo compreender, afasto-me. Ele sorri com os olhos apertados, pedras brilhando na saliência dos ossos.

A noite cruza todas as fronteiras. O gemido dos bebês pesa como poeira sobre as pálpebras. Ruídos e apitos estridentes recrudescem à medida que a locomotiva toma mais e mais velocidade. Cruza planícies, acidentes, túneis, vales, rios, pontes, dutos. Corta pastos, celeiros, desertos, abismos, paióis, declives. O bezerro pastoreia em zigue-zagues pelas moitas quase ao alcance das mãos. O som do violão se mistura às minhas lembranças: um cheiro agridoce que emerge das narinas enquanto a mulher balança o bebê colado ao seio, os socalcos dos trincos tremendo o corpo todo em trinados de areia e guinchos de metal. O senhor pode me dar licença. Claro. A família passa com o ambulante abrindo espaço com uma varinha de marmelo; segue pelas fileiras de corpos sonolentos; adentra os intestinos de nosso condutor, que avança dentro das regiões mais espessas da noite. Relâmpagos fosforescem, iluminam o contorno vazio dos rostos, as bocas cheias de comida, cantando sem parar. A substância viscosa escorre entre os dedos sem poder ser retida, passeia pela pele, adentra os poros, penetra a carne em sua serena extinção, o escuro enche todos os vagões, até as pequenas clareiras das velas emergem dos círculos de sono dispostos pelo chão e se dissolvem.

Minutos escoam sem notícia. Não sei até quando ficarei ali. Não fecho os olhos. Algo me diz que o destino está chegando. Um novo apito. Uma nova curva demorada, entre pedras, cancelas e cavalos. Atiro-me com meu saco e a desaceleração dos motores amortece minha queda sobre a grama.

Não há nada.

Um casebre a quilômetros é um grão de fogo no meio do mundo. Vou em sua direção. Caminho por horas e horas. Mas a distância parece se alongar morosa e proporcionalmente à espessura da luz que diminui até se apagar de vez. Resta a noite. Apenas a noite. Não enxergo sequer minhas mãos na crispação da matéria universal. Sento-me. Felizmente, só faltam algumas horas. Permaneço. As imagens vêm e vão soltas, voltam a me habitar. Sento-me de cócoras naquele ventre a céu aberto, recolho algumas folhas de capim e mastigo em silêncio os últimos resíduos do rancor. Logo estarei salvo. Em um átimo, olho para a cúpula. Manchas brancas celulares se dispersam em trilhões de micropontos quase luminosos. O silêncio branco dos espaços infinitos. O médico me fita, interrogativo. Ergue-me em sua mão gigantesca de mamífero e me coloca em uma cama como se acomoda um esquilo. Os primeiros fios de luz se tramam sob os pés. Minha mãe me acaricia com seus olhos divinos, cheios de ternura. Amanhece.

Depois de mais algumas horas repetidas, uma mulher envolta em panos brancos e coloridos surge ao longe.

— Onde fica a cidade?

Ela aponta adiante.

Sigo.

Mal me aproximo e toco cercados desfeitos pela chuva; cavidades arenosas e peles terrosas transbordam pelas paredes descascadas de tijolos vermelhos à vista. Adentro ruínas e casas velhas com placas de cal e paredes carcomidas. Crianças peladas estufam a barriga contra o sol nascente. Varais e presépios destruídos pela tempestade ostentam sua graça à porta de uma igreja de portas sem dentes. Freiras recolhem roupas amanhecidas; sorriem como se me telegrafassem sinais de um deus oculto em suas batinas. Contorno as esquinas, as longas estátuas abandonadas, a placidez dos cachorros com seus donos nas calçadas. Todos os olhos se fixam em mim. Sou o estrangeiro? Aquele que vem de mãos vazias? Colherei a boa--nova? Ela me espera? Palmeiras lentas desfilam pelas ruas, se inclinam e suspiram. Um misto qualquer de beleza, graça e agonia entra pelas narinas congeladas pelo orvalho. O pasto, o touro, o novilho. O xadrez das árvores me guia sem rumo em rotações pelos poros da cidade. Meninos jogam futebol. Outros, em círculos, empunham suas bolinhas. Pipas se cruzam no ar. Adultos arrastam sandálias inclementes. Vislumbro as torres longas ao longe em forma de *i*.

Diviso uma clareira.

Quando a penetro, relevam-se as faces da minha vida. Atrás do rio, meus primos interrompem o jogo e me saúdam com acenos tempestivos. Minha primeira mulher, meu primeiro amor, minha primeira briga. No fundo recortado da paisagem, duplicado em uma película, vejo-me a mim mesmo desdobrado, no momento mesmo e no cenário mesmo em que se dá agora, neste momento exato, cada ação. Estou aqui, ali, além, mais adiante. Contracenando com todas as figuras, museu de cera vivo, em meio ao qual eu passeio em um transtorno interior que turva a mente. Percebo em cada círculo de vozes, em cada círculo da infância, em cada sala transparente, o cortejo polifônico de minha mente; todos os fios se tramam nas malhas do meu coração. Vozes, ecos, rostos, gestos: vejo-os todos, ao alcance do toque. Circundo-os, observo-os, em êxtase, preclaro, com a lucidez possessiva de uma chaga desvendada e com a demora amorosa de quem descobre as chaves da memória e os segredos nunca desvelados à nossa humana condição. À medida que o sol se eleva e palmilha os campos abstratos, crescem no palco os personagens, às dezenas, centenas, milhares. Uma rosa entreaberta, em círculos concêntricos, multiplica-se e emana granulações de luz inaparente e chagas indistintas de meu corpo adormecido; gotas pingam, uma a uma, contra as janelas vivas. Ondas se desdobram, crescem, diminuem, se elevam e se dissipam, perdem-se nos coros celestes enquanto espaços abissais se abrem sob os pés. Cada resíduo da memória, cada célula incrustada em minha carne, cada afago, cada beijo, cada dor, cada sombra, cada rosto, cada palavra, cada cena, cada olhar, cada gesto, gravados nas camadas da Terra e da vida e inscritas nos artigos indivisos da morte, cada evento que jamais houve e cada ser que sempre existiu, a despeito de ter sido para sempre extinto, cada vinco na pele e cada riso e cada linha de cristal transido pelas águas, cada anel celular das árvores abatidas e cada microfibra de tecido orgânico de minhas pálpebras: tudo vem à tona, desdobra-se em figuras, eclode e se multiplica indefinidamente, à revelia dos limites do sentido e da matéria prematura. Uma procissão de sílabas, murmúrios, falas, risos, toques, grupos, animais, em grupos e em famílias. Em um canto, meu pai prepara minha mala para a escola. Mais adiante, minha mãe me guia pelas ruas do centro da cidade. Com minha avó desenho cavalos, folhas, anúncios de jornal, letras de livros. À esquerda, meu avô me balança nos joelhos. Viro-me de costas: atravesso as fazendas a cavalo; o trote se recompõe; cheiros emergem de séculos e milênios de rumor e fome. Adiante, chego os olhos a uma janela improvisada; meu primeiro irmão sorri e mama intempestivo nos seios de minha mãe adormecida; meu segundo irmão grita em meio a bolhas de sangue e de placenta. Como uma pele guarda em seus tegumentos e cromatóforos todas suas fases em milhares de camadas, espelhos reúnem em si milhares de espelhos e um dia se rompem e se desdobram em formas infinitamente coetâneas, cada cena se desdobra dentro de minhas retinas incessantes. No centro do campo, como um eixo de gravitação, uma torre retilínea desaparece na palidez indevassável do céu; todos os centros são concêntricos ao meio-dia. Quanto mais a luz do sol coava o horizonte e multiplicava seus limites, unindo-o aos céus e às suas águas, mais cresciam os círculos de espelhos, que desdobravam minha vida cena a cena e me faziam o espectador desse teatro. O palco do mundo se preenche; todas as minúcias de minha vida se mesclam a todas as eras geodésicas do cosmos e a todos os eventos e éons dos seres vivos. Todas as formas da vida da Terra se constelam em mim, em um poro, em uma célula. O campo se ilumina com sombras equânimes do futuro e do passado. Ao fundo, vindo em minha direção, um personagem se destaca. É o único para quem não há nome. Não emana do fundo infinito da memória. Não surge das palavras. Não existe nos confins do espaço e do tempo que circunda os pluriversos em suas sucessivas gerações. Aproxima-se a passos lentos, uma lentidão sublime, irreal. Sabe que eu o conheço. Cumprimento-o. Finalmente sou humano. Ele beija minha face. E me aniquila.

A Nuvem

Todos esses anos dormindo nesta mesma cama desta mesma casa e eu nunca havia percebido que o teto tem algumas camadas sobressalentes e pequenos desníveis. A impressão que sempre me ficara era a de que havia sido rebocado ou pintado algumas vezes. Como um palimpsesto, as camadas com o tempo começaram aos poucos a mostrar leves sombras e cicatrizes das camadas de tinta anteriores, como uma sobreposição de papel celofane ou de transparências que fossem aos poucos perdendo o tônus e a textura e deixassem vazar de modo inadvertido algumas poucas granulações das camadas mais antigas. O efeito da infiltração paulatina de luzes vindas do lusco-fusco atravessa as persianas e, aliado à iminência da aurora, projeta-se em alguns filamentos quase imperceptíveis; riscos estriados de uma noite se dissipam em câmeras de ecos, e, a despeito de minhas impressões semidormentes, em um devaneio de quem acaba de tomar consciência do quarto, de meu corpo na cama e dos objetos ao redor, tudo isso se une em um acorde diáfano de armações e impressões que permeiam a atmosfera do ambiente e conferem camadas mais sutis ao teto e a suas ranhuras indeterminadas. Nesse momento, sou surpreendido por um fenômeno difícil de ser explicado. Essas camadas de luz e sombra, bem como as camadas sobrepostas da textura, adquirem uma divisão mais incisiva. Emerge uma estria perpendicular, de extensão relativa, atravessa o teto e se dissipa em duas extremidades cujos fins precisos não consigo divisar. Não se trata de uma rachadura nem de uma falha da textura ou da continuidade do teto. Estou diante de algo mais diáfano e, ao mesmo tempo, mais tenro. Às vezes parece ter surgido de um encontro entre os fenômenos de luzes artificiais; outras vezes, a escuridão e seus reflexos entram pela persiana; em outros momentos ainda, parece emergir mesmo das pátinas de pinturas sobrepostas, talvez mediante a ação do tempo, do desgaste da superfície e quem sabe de alguma infiltração antiga que estivesse há muito tempo depositando umidade na laje e apenas agora começa a tomar a forma de veias ou de trepadeiras quase invisíveis, tatuando a casa bem acima de minha cama, e também apenas agora comece a se oferecer ao meu campo de visão e de consciência. À medida que a aurora avança, a textura começa a receber novas modulações. Em parte, devido às flutuações, aos gradientes e às modalizações da luz vinda de fora. Em suas refrações constantes, as estruturas de vidro e metal vasculares prismam as ruas da cidade semideserta. A leve afluência de meus pensamentos e impressões semidespertos em borrões vagos se insinuam nos cantos da órbita ocular, concomitantes ao embaçamento de retinas mergulhadas nessas zonas de sombra e de desprezo de um corpo ainda na horizontal. O sangue circula lento pelas cavidades e abismos dos órgãos; uma vascularidade incipiente ainda não irriga a cabeça com o fluxo exigido pela atenção; os músculos um pouco distendidos, difusos, frouxos, sem a tonificação de quem concentra seus objetivos e sua intencionalidade em alguns objetos circundantes; as operações parciais do corpo se coordenam aos poucos, retesa as têmporas e inflete rumo à apreensão e à unificação dos fragmentos discordantes dos sentidos até um momento em que esses mesmos sentidos convergem em um evento unânime, um acorde musical, uma sinfonia tateia os timbres do corpo; tons e notas cuja integridade se revela apenas quando a harmonia geral acaba por se tornar perfeita. Por fim, concateno aquelas diversas granulações sonoras, visuais e táteis sob uma percepção familiar a todos os membros e à mente. A verdade é: quando dou por mim, aquele conjunto finito de nuvens e camadas agora se projeta no teto: o holograma adquire uma nova face. E para o meu terror, aquelas linhas fugidias desenham formas muito claras e identificadas; operam uma metamorfose estranha cujo fim acaba sendo uma entidade paradoxal, um misto de subformas elementais quase impossíveis de serem captadas, e outras polinizações, de um negrume puntiforme, um polvilhar de chuva ou sangue, uma imagem espargida em negro e cinza sobre um fundo cristalino e branco-gelo. Surgida daquele horizonte celeste, em uma anamorfose nunca antes vista ou imaginada, destaca-se em uma relação de figura e fundo daquela abóbada particular, mais semelhante a uma estufa ou à cúpula privada onde eu houvera me encapsulado, uma crisálida ou uma boneca russa enredada em membranas de concreto, à espera da consumação de minha última metamorfose, e, sem condições de discernir entre as vagas formas e as formas vagas que se descortinavam aos meus olhos naquela manhã, a imagem acaba por assumir a feição de um fato; uma de suas linhas se distende e esse movimento simples a transforma em uma composição; articulam-se pontos de fuga e se esgarçam outros reflexos a seu bel-prazer, estabelecendo uma conexão entre partes soltas e outros emaranhados de impressões sem sentido que acabam por adquirir um sentido e por se transformar em uma *imago*, misto de vegetal, mineral e animal, no instante mesmo em que me ocorre a preensão geral do todo. Sim. Parece ser esse o grande milagre, enigma ou truque daqueles pequenos oásis fugidios que se esparzem, camelos de água, nuvem contra o céu e a areia. A grande peroração daquelas formas líquidas, aquele formigueiro que atravessa meu corpo em chamas reincidentes e depois se equilibra em uma homeostase: o repouso das retinas em suas inspeções de monocromias; o bater ritmado dos alvéolos em uma marcha frequente; o pulso em sua oscilação quase imperceptível; a linha cardíaca, mais tênue e cristalina do que as águas de um mar morto; as marolas de uma brisa leve se anunciando pela janela; as ondas de luz em refração dentro daquele aquário humano. Os tegumentos diáfanos adquirem um contorno um pouco mais claro; as linhas fugidias trepanadas pelas musculaturas de um ar que agora infla minhas narinas em movimentos lassos, e a fisionomia se contorna diante de mim aos poucos, revelando-se em sua profunda nitidez. Os vincos e as saliências e as reentrâncias se abrem em um sorriso divino e aterrador. Minha palpitação cresce. Alguns rostos de aproximam e fecham uma coroa ao meu redor. Vejo-os e estremeço ao reconhecê-los um a um. Sinto as convulsões de todos eles, um tremor nas bases da cama. Um relâmpago atravessa todo meu corpo como se apenas naquele instante, naquela fração de segundos de pulsação microtonal, eu tivesse de fato percebido o movimento completo e complexo dos seres e de tudo o que acontece no mundo e no meio ao meu redor. Sinto meus olhos molhados. A sensação logo se mistura a uma percepção difusa de uma eventual dissipação de minhas células. Como um enxame, e devido à eventualidade de um tiro ou de um disparo de cavalos, o formigamento adquire uma frequência nunca antes vivida. O formigueiro corpuscular de meu corpo se desmembra em subconjuntos de vozes e de sinais cada vez mais porosos; espaços vazios e uma minudência de circulação de ar permeiam cada um dos milhares e logo milhões e em breve bilhões de interstícios e de minúsculos eus que estruturavam a arquitetura de meu pobre organismo. Em uma iluminação, me dissipo por completo: cada poro e cada átomo e cada célula e cada *bit* do que um dia eu fora no decurso de minha vida na Terra se concentra em uma nuvem, e, em movimentos infinitesimais, cada uma das gotas do meu ser é sorvida por esse ponto negro.

Mundo às Avessas

Thais Rodegheri Manzano

O encontro do leitor com *O último Deus*, coletânea de trinta contos de Rodrigo Petronio, é turbulento. Na primeira leitura, o susto com a crueza de alguns dos personagens e seus incríveis feitos é inevitável. Apesar desse choque, e acima dele, evidencia-se, de imediato, a rara qualidade dessa obra, qualidade que obriga ao distanciamento da impressão inicial e à releitura. Na segunda vez, já sem o impacto das sombrias bizarrices, o leitor não tem como evitar sua sedução, independentemente da agressividade de alguns textos. Pois violência — e quanta! —, vida e morte, natureza e cultura, sagrado e profano, tempo e eternidade, transe e realidade frequentam suas páginas, além da ironia, uma ironia própria, porém colorida pelo sarcasmo. Dessa vasta, intrigante e complexa matéria se compõem os contos do autor, justamente premiado. Sua linguagem, ocasionalmente preciosista, é uma floresta de palavras, às vezes disposta em cipós emaranhados a exigir desmatamento.

São palavras escolhidas de um poeta, filósofo e cientista, organizadas sempre com o mesmo desenho, em parágrafos longos, com pouca pontuação. Seus personagens são seres quase etéreos, pois o que salta à vista, e adquire densidade, são suas mentes brilhantes e corrosivas. Seu pensamento é labiríntico, obsessivo; alguns empenham-se em violências sufocantes, inexplicáveis, não apenas verbais, também físicas. Sempre subjacente, uma beleza dúbia perpassa todos os textos, dada a constante estranheza; é uma normalidade às avessas da realidade. Depois de algumas páginas, aprende-se a desconfiar do que virá a seguir; nada é como parece ser nesse duro mundo pós-humanista. Poeta no trato magnífico com a linguagem, em alguns textos o autor não demonstra condescendência para com o humano. Como se perceberá, essa ausência de condescendência é ambígua.

Para os muitos que apreciam o tema, "Em busca do verdadeiro Cristo" é um dos mais fascinantes de toda a coletânea. Acompanha-se, passo a passo, metodicamente, a exposição do conhecimento e das inquietas indagações do protagonista, um intelectual rigoroso. Rodrigo Petronio escreve: "Talvez não haja sabedoria alguma em desconstruir um edifício e pulverizar os grãos de seus tijolos até a absoluta e irreversível extinção.". A impressão, no entanto, é de que é a isso, precisamente, que ele se dedica, por pessoas interpostas. Algumas de suas criaturas, as rancorosas, denunciam, sem traço de compaixão, os desvios humanos. Sutilmente sussurrada no agressivo e incontido fluxo de palavras está a revelação: o desvio é o "humano". Implícito, no entanto, e pode parecer paradoxal, está o verdadeiro desvelamento: o desiludido idealismo de todos os personagens! É disto, e talvez até eles mesmos não o saibam, que eles padecem. Pois nas entrelinhas dos discursos mais cáusticos subsiste, mal dissimulada, a amargura, a proclamar uma esperança malograda.

Nada, parecem gritar os protagonistas desses contos, nada, nem o conhecimento pode salvar o humano do humano. Daí a fúria destruidora a jorrar tanto contra o saber profano quanto contra o sagrado. Daí o apreço pela desconstrução rigorosa, racional, metódica do acúmulo de conhecimento de grandes pensadores, valendo-se deste próprio conhecimento para, através de brilhantes distorções intelectuais e de raciocínios demolidores, apresentar o mundo às avessas. Há um visível prazer masoquista na raiva destrutiva de seres muito cultos, raiva que é apenas a comprovação da dor com uma profunda desilusão. No vômito de vitupérios parece explodir uma incontrolável exasperação com o que é, e não deveria ser, o humano.

Só um autor com uma notável erudição seria capaz das proezas criativas que subjugam os leitores nesses contos. São frutos de refinada cultura, nos quais, além da vastidão dos estudos de Petronio, pressente-se o trabalho minucioso com a linguagem, o cuidado do poeta com a escolha da palavra, dada a extensão de seu vocabulário. Evidentemente, às vezes a atmosfera se torna rarefeita, o ar quase irrespirável, pela exigência dos textos. Nestes, nota-se a batalha entre a erudição do escritor e sua veia poética. Há uma oscilação entre elas, e o prato da balança varia de conto para conto. Não se trata, portanto, de uma leitura fácil. Como em tantas grandes obras, é preciso perseverar para extrair as belezas enraizadas nos ruidosos discursos dos personagens, às voltas com suas agonias, indagações e, em alguns casos, sua impotência.

Dividido em três partes, *O último Deus* segue um encaminhamento lógico; é um livro pensado como um todo. Cabe ao leitor juntar, ao prazer de ler, a tarefa de decifrar seu dramático percurso. A primeira parte, em razão do que se lê, exibe um título desconcertante, Liberdade. O primeiro conto, "Futuro", uma das escritas mais trabalhosas, apesar de não ser enigmática, é a chave da obra, seguindo-se seu desenvolvimento interno até o fim da coletânea. Em "O carretel", um momento insignificante do dia a dia abre curiosas e ricas brechas para percepções transcendentais do protagonista. "Ceia", um exercício em ironia, trapaceia com o leitor. Seu início tradicional, em meio aristocrático, não aponta para a reviravolta final, com um festim diabólico do qual o marquês de Sade poderia ser o anfitrião. "Testamento", um dos melhores, é um texto cômico-irônico, com um final magnífico.

Na segunda parte, Espelho, encontra-se o reflexo do título em todos os contos. O tom sombrio e o desgosto com a humanidade suavizam-se em textos de linguagem e invenção excepcionais. Ao ler "O obelisco", o leitor se vê, inconscientemente, exclamando: que maravilha! Tudo nele é excelente: a escrita, o mundo criado, o protagonista inimaginável, a família Max, que se torna íntima do leitor em seus afazeres paradoxalmente tão comuns naquele lugar totalmente incomum; os movimentos e ruídos no obelisco, as descrições, a espantosa experiência sexual... O último parágrafo — brilhante — é um fecho de ouro. O conto "Mundos" é subdividido em partes. Em Pintar, explora-se um tema dos mais sedutores e inteligentes. O protagonista percebe que há uma substância subliminar emaranhada no universo. E passa a persegui-la, configurando-a de modo visual. No esplêndido final, encontram-no diante de "uma enorme tela, branca e intacta". Em Dividir, um ensaio poético-filosófico, a balança, com seus pratos equilibrados, comprova como um escritor pode ser complexo sem deixar de ser poético.

A narrativa "Atlântida", na parte Retorno, traz uma profusão de beleza. Frases cristalinas, cores, odores e visões se alternam, estimulando os sentidos dos leitores. O final, como sempre, é magnífico, assim como magnífica é a invenção! "Mã", um estudo jocoso sobre seres além da imaginação dos pobres mortais, com um final paradoxal, assemelha-se a "Uma república" na escrita dura, seca, muito descritiva. "Terra" é emocionante; um dos contos mais bonitos de todo o livro. O início é enigmático, mas, à medida em que se avança na leitura, tudo se esclarece. O nebuloso "A nuvem" conclui o percurso.

A qualidade da coletânea, sendo inegável — evidentemente cada leitor terá as suas preferências —, o que varia? As dimensões. Não se pode negar: quando se estende, o autor às vezes tem uma tendência à repetição, que desaparece ao expressar mais com menos. Mestre ele é na arte da condensação; seus textos curtos são excepcionais. Em "Abismo", texto que compõe a primeira parte, um dos mais criativos, enganadoramente leve, poucas linhas bastam. O acaso espreita, esconde sua potência no pano de fundo do cenário, uma triste praia dinamarquesa. Quando se revela, o silêncio grita. Invejáveis também são as suas conclusões, o seu dom do *gran finale*, aquela conclusão que emudece o leitor, obrigando-o à reflexão. O mínimo que se pode fazer é bater palmas para *O último Deus*!

Exemplares impressos em OFFSET sobre papel cartão
LD 250 g/m2 e Pólen Soft LD 80 g/m2 da Suzano Papel e
Celulose para a Editora Rua do Sabão.